文库

罗根泽　著

乐府文学史

四川文艺出版社

图书在版编目（ＣＩＰ）数据

乐府文学史 / 罗根泽著 . -- 成都 : 四川文艺出版
社 , 2024.1
（大家学术文库）
ISBN 978-7-5411-6830-7

Ⅰ . ①乐… Ⅱ . ①罗… Ⅲ . ①乐府诗—诗歌史—中国
—古代 Ⅳ . ① I207.209

中国国家版本馆 CIP 数据核字（2023）第 225106 号

乐府文学史
YUEFU WENXUESHI

罗根泽　著

出 品 人　谭清洁
责任编辑　姚晓华
内文设计　格林文化
责任校对　文　雯

出版发行　四川文艺出版社（成都市锦江区三色路 238 号）
网　　址　www.scwys.com
电　　话　028-86361802（发行部）　028-86361781（编辑部）

排　　版　北京格林文化传播有限公司
印　　刷　三河市三佳印刷装订有限公司
成品尺寸　150mm×230mm　　　　开　　本　16 开
印　　张　13.5　　　　　　　　　字　　数　180 千字
版　　次　2024 年 1 月第一版　　印　　次　2024 年 1 月第一次印刷
书　　号　ISBN 978-7-5411-6830-7
定　　价　48.00 元

"大家学术文库" 编者按

中国学术，昉自伏羲画卦，至周公制礼作乐而规模始备。其后，王官失守，孔子删述六经，创为私学，是为诸子百家之始。《庄子》曰："道术将为天下裂。"孔子殁后，儒分为八；墨子殁后，墨分为三。诸子周游天下，游说诸侯，皆以起衰救弊、发明学术为务，各国亦以奖励学术、招徕人才为务，遂有田齐稷下学宫之设。商鞅变法，诗书燔而法令明；始皇一统，儒士坑而黔首愚。当此之时，学在官府，以吏为师，先王之学，不绝如缕。至汉高以匹夫起自草泽，诛暴秦，解倒悬，中国学术始获一线生机。其后，汉惠废挟书之律，民间藏书重见天日。孝武之世，董子献"罢黜百家，表彰六经"之策，定六经于一尊。其后，虽有今古之分、儒释之争、汉宋之异、道学心学之别、义理考据之殊，而六经独尊之势，未曾移也。

及鸦片战起，国门洞开，欧风美雨，遍于中夏，诚"三千年未有之变局"。当此之时，国人震于列强之船坚炮利，思有以自强；又羡于西人之政教修明，思有以自效。于是有"变法守旧之争""革命改良之争""排满保皇之争"，而我国固有之学术传统，亦因之而起变化。清季罢科举而六经独尊之势蹶，蔡子民废读经而六经独尊之势衰。当此之时，立论有疑古、信古、释古之别，学派有"古史辨"与"学衡"之争，学说有"文学革命""思想革命""文字革命""伦理革命"诸说，师法有"师俄""师日""师西"之分，众说纷纭，莫衷一是，百家争鸣，复见于近代。

民国诸家，为阐明道术、解救时弊，著书立说、授课讲学，其学术思想，历久弥新，至今熠熠生辉，予人启迪。然近人著作，汗牛充栋，多如恒河之沙，使人难免望书兴叹，不知从何下手，穷其一生，亦难以卒读。因此之故，我们特精选最具代表性之近人著作，依次出版，俾读者略窥学术门墙，得进学之阶。此次选辑出版，虽未能穷尽近人学术之精品，难免有遗珠之憾；然能示人以门径，使人借此以知近人学术规模之宏大、体系之完密，亦不失我们编辑出版"大家学术文库"之初衷。

此次出版，为适应今人阅读习惯，提升丛书品质，我们特对所选书籍做了必要之编辑加工，仍以保持各书原貌为宗旨。

然限于编者之有限学力，书中疏漏之处，在所难免，尚祈广大方家、读者诸君不吝批评斧正。

编　者

2024 年 1 月

自　序

一

惭愧，我也来编中国文学史！

十八年的秋天，我答应了河南中山大学之聘，讲授中国文学史及其他的功课。生平有一种怪脾气，不好吃不劳而获的"现成饭"，很迷信古文大家曾国藩的话："凡菜蔬手植而手撷者，其味弥甘也。"中国文学史虽然已经有了许多的本子，但被逼于不吃"现成饭"的我，却不能不来尝尝"手植手撷""其味弥甘"的滋味。

现有的中国文学史，各有各的见解，各有各的长处，但是它们的组织，好像是差不多，总是"自从盘古到如今"挨字挨板的叙下。外国文学史便不全是这样，尽有先分类别，再依时代叙述的。现在，我要将此法偷来编中国文学史，给它一个名字叫《中国文学史类编》。

我拟分的类别：

一、歌谣，

二、乐府，

三、词，

四、戏曲，

五、小说，

六、诗，

七、赋，

八、骈散文。

这样便一定比纯依时代叙述的好吗？我不敢说——不过我也有我的理由：

我相信一种文学的变迁的原因，和并时的其他文学的影响，终不及和前代的同类文学的影响大。譬如五言诗的全盛时期是建安时代，其所以能臻全盛的原因，是因为自东汉章、和以来，五言诗即继续发展，一步一步地走到建安时代，遂至登峰造极的地位；和当时的赋、当时的散文，并没有多大的关系。

再如韩退之、柳子厚的古文，它的完成，也不是因为当时的诗歌，而是因为自隋以来，即由六朝骈俪的反响，造成古文运动，经了唐初以至中世的许多古文大家的努力与创造，才能成功韩柳的集大成的古文。

所以若纯依时代叙述，即便将一代的各种文学派别叙述得详详细细，其来龙去脉，恐怕仍然不能十分清楚。——固然它有它的好处，但就这一点看来，终究是个大大的缺憾。拿普通史来说罢：打算知道一种文物制度的原委，不能不求之于分类编次的《九通》之类，至于断代的《二十四史》，总觉得不容易得到要领。

我并不反对纯依时代叙述的文学史，并不反对断代史。"言非一端，义各有当。"你要看一代的事迹，当然要看断代史；你要看一个时代的文学，当然要看纯依时代叙述的文学史；你要看各种文学生于何时？盛于何时？分化于何时？衰灭于何时？因何而生？因何而盛？因何而分化？因何而衰灭？则纯依时代叙述的文学史恐怕不甚方便。

文学史的责任是什么？不是死板板的排比，是要考究各种文学的流变及其所以有此流变的原因，察往知来，以确定此后各种文学的正当途轨。——假使此言不错，那末，我要拥护我的分类叙述法。

我的分类叙述法，固然以类为主，但是也不能不分时期。谈到分时期，更是言人人殊的各有各的理由，或分为三期，或分为四期，或分为五期，或分为六期，五花八门，好不热闹。我以为文学的背景虽多，但政治经济确为重要原因。他们不按朝代分期，说是打破"传统的以代为期的谬见"。但是我们睁开眼看一看全部的文学，是不是因为改朝换代而生出显然不同的现象？就乐府说罢：汉代重在社会问题，魏代则浸入颓丧的人生观的意味，六代则情歌最多，唐初则空中楼阁地表现着理想国的境界，中唐以后则又渐渐地走到社会问题上边，——这不是显然地受了政治的经济的影响吗？所以我不敢躲避"开倒车"的讥诮，不敢盲目的学着时髦，仍然以朝代为期。

荀子说："五帝以外无传人，五帝以内无传政。"这明明的告诉我们：五帝以外连神话式的传说都没有，五帝以内才渺渺茫茫的有几个神话中的古帝，但是他们的文物制度则绝无传说。所以三皇五帝的文学，我是不敢相信的；三皇以上更不用说；即尧舜禹汤我也不敢多信。但是古书著录的很多，现在的人也尽有高唱着三皇五帝的文学的，不能不拿来考订一下，以定其真伪。述上古夏商　第一期。

周代的文学，便已渐渐的可观了。春秋、战国，皆属于周，秦皇统一，为时无几，于文字方面虽有改革，于文学方面则缺乏建设，所以附在周后。述周秦　第二期。

两汉中间虽有王莽之变，但不久旋平，一切文物制度，两汉几乎相同，学风也差不多，社会经济各方面也没有多大的变动，所以表现的文学，也大致相类。述两汉　第三期。

曹魏始终未能统一，晋代统一未久，旋又散乱，人民整日价生活于兵荒马乱之间，又加上带有消极的出世的佛教文明，侵入中土；由是表现的文学，满蕴蓄着求仙的、出世的、纵欲的、颓丧的人生观的意味。述魏晋　第四期。

到了六代南北朝，中原的故家大族，逃到江左，享受着苟且偷安的生活；北方的野蛮民族，在秣马厉兵过着争长争雄的日子。表现的两种文学，遂生出显然的差别。比而观之，可以看出文学和民族、地方的关系。述南北朝　第五期。

隋代统一，文学也随着有"南北合一"的色彩，惜为时太暂，建设未遑。唐代继之，得着长时期的休养生息，各种文学皆有尽量发展的机会，成功一种合南北而一之的新文学。述隋朝　第六期。

五代之乱极矣，干戈兴，学校废，但通俗文学却蓬蓬勃勃的发达起来。上承晚唐，下开两宋，这也是有价值的一页呀。述五代　第七期。

两宋虽有南北之别，但散文方面、韵文方面，其趋向皆无多大的区别，这也大概是有政治的关系吧？述两宋　第八期。

辽金元同为北方新兴民族，同在濡沐华风，成功一种带有北方新兴民族色彩的中国文学。述辽金元　第九期。

明代缺乏革旧建新的文学，承袭前代，继续发展者则甚多，唯杂剧一种似为有明最大的贡献。述明代　第十期。

清有二三百年的承平，各种学问皆有发展的机会，唯清儒贵学贱艺，故艺不如学；而小说一类，则远非前代所可及。述清代　第十一期。

清末东西交通，文学渐受欧西及日本的影响，但大率融新于旧，没有根本的改革。到民初胡适之陈独秀诸先生提倡文学革命，以白话为文，以白话为诗，实为数千年中国文学上之一大革新。述现代　第十二期。

这是就中国全部文学分的，每一类的文学未必都有这样长的历史。譬如乐府起于西汉，亡于中唐，西汉以前，中唐以后都没有。这只好有者按期填叙，无者阙略。

虽然这样一刀裁齐的分期，对各类的局部文学未必没有迁就之嫌。但我编的是全部的中国文学史，不是局部的一类文学史，当然不能顾小失大，而要为全部着想。且说我还有一种计划：虽然依类分述，希望读者得到各类文学之源流、演化的现象与过程；但同时也愿意读者得到任何一个时代之各类文学发达的情形。所以分期不能不画一，俾读者愿研究任何一时的全部文学，各类文学。得将各编中之叙此时期者，抽出籀读。所以我的《中国文学史类编》，是"以类为经，以时为纬"，"以类为编，以时为章"。指望读者一方面得到各类文学的竖的观念，一方面也得到全部文学的横的观念。

我这《文学史类编》的编纂计划，大略如此。我的取材计划，似乎也有一说的必要：

清初考据学大家顾亭林曾经用着很巧妙的比喻，说当世学者治学的取材，有开山采铜，利用废铜两种。

什么是开山采铜？就是披荆棘、斩草莱的到原料书里找材料，譬如作文学史便在各种文学书里找材料。

什么是利用废铜？就是东钞西钞的割裂各种组织书里的材料，譬如作文学史在各种文学史书里找材料。

我以为作一种学问，不当很偷巧的仅采利用废铜的办法；因为如此换汤不换药的捣花样，任你的法宝弄得怎样巧妙，也必致于陈陈相因的没有新材料，没有新发现，没有新贡献。不过很有价值的整理出来的东西，我们也不必很呆气的不看，致使现成的有价值的新说忽略过去。所以我的计划，是：首要开山采铜，次再利用废铜。

这种编纂法，在中国还是一种尝试，虽然不敢说"兹事体大"，但也不能承认是件极小的工作；添上我这不甘仅用废铜的取材法，便益发觉得难上加难了。"尝试成功自古无"，看我的努力吧！

二

现在要说到乐府一类了。著述之规，考订之意，大都散见篇中，没有复赘的必要。对乐府作系统的研究者，我还没有见过，我这区区几万字的小册子，恐怕便是第一次了。

我深信椎轮可以进为大辂，但也深信椎轮终究是粗糙的椎轮，精美的大辂还须等待着继续的改善。椎轮必定粗糙，况又出之学浅才微的我！做大辂的人在哪里，我很盼望他赶快来做！

全部乐府的系统研究书，我是没有见过的，局部的我却已经看见过。我这本乐府文学史，采取他人说最多的，两汉则有先师梁任公先生的《美文史》里《两汉乐府》一章，未刻。唐代则有胡适之先生的《白话文学史》里《八世纪的新乐府》一章，因为求读者便利，多好未曾一一注明，记此以志谢忱。

黎劭西先生为我题字，程蕴辉先生为我介绍在文化学社出版，也一并谢谢。

这本小册子原是《中国文学史类编》第二编，因为要印单本，是以暂且题名《乐府文学史》。

罗根泽

民国十九年九月三十日

在天津女子师范学院

目　录

第一章

绪　论

一　乐府之义界

乐之起源盖甚早。荀子《乐论》曰："夫乐者乐也，人情之所必不免也。故人不能无乐，乐则必发于声音，形于动静。而人之道，声音动静性术之变尽是矣。"发于声音则为乐，形于动静则为舞，知乐舞乃人性之自然表现，先民之初，盖已与生俱来矣。

但"乐府"之名，则发生甚晚。《汉书·礼乐志》：_{以下省}称《汉志》。"至武帝定郊祀之礼……乃立乐府，采诗夜诵。有越、代、秦、楚之讴。以李延年为协律都尉，多举司马相如等数十人，造为诗赋，略论律吕，以合八音之调，作十九章之歌。"颜师古注："乐府之名，盖始于此。哀帝时罢之。"《艺文志》亦曰："自武帝立乐府而采歌谣，于是有赵代之讴，秦楚之风。"《李延年传》亦云："延年善歌，为新变声。是时上方兴天地诸祀，欲造乐，令司马相如等作诗颂，延年辄承意弦歌所造诗，为之新声曲。"

观此，知"乐府"始于汉武，本为官署之名，其职在采诗歌，被以管弦以入乐，故后世遂以乐府官署所采获保存之诗歌为乐府。然《礼乐志》又载"孝惠二年，使乐府令夏侯宽……"云云，似"乐府"之署，设置已久。其实不然。《志》曰："初高祖既定天下，过沛，与故人父老相乐，醉酒欢哀，作《风起》之诗，令沛中童儿百二十人，习而歌之。至孝惠时，以沛宫为原庙，皆令歌儿习吹以相和，常以百二十人为员。至文景之间，礼官肄业而已。"然则武帝之前，有乐府令，而无乐府官署之设；孝惠以沛宫为原庙，文景不过礼官肄业。故虽有乐府令，无可述之价值；故论"乐府文学"者，宜以武帝立乐府署为第一页也。

据《汉志》，乐府文学之成分，约有两种：一、民间歌谣，二、文人诗赋。但两种未必皆能合乐，故又使通音乐者，增删润色，以协律吕。如《相和歌·清调曲》之《苦寒行》，其本辞为：

> 北上太行山，艰哉何巍巍。
> 羊肠坂诘屈，车轮为之摧。
> 树木何萧瑟，北风声正悲。
> 熊罴对我蹲，虎豹夹路啼。
> 谿谷少人民，雪落何霏霏。
> 延颈长叹息，远行多所怀。
> 我心何怫郁，思欲一东归。
> 水深桥梁绝，中路正徘徊。
> 迷惑失故路，薄暮无宿栖。
> 行行日已远，人马同时饥。
> 担囊行取薪，斧冰持作糜。
> 悲彼《东山诗》，悠悠令我哀。

晋乐所奏者，则改为：

> 北上太行山，艰哉何巍巍。
> 太行山，艰哉何巍巍。

羊肠坂诘屈，车轮为之摧。一解。

树木何萧瑟，北风声正悲。
何萧瑟，北风声正悲。
熊罴对我蹲，虎豹夹路啼。二解。

谿谷少人民，雪落何霏霏。
少人民，雪落何霏霏。
延颈长叹息，远行多所怀。三解。

我心何怫郁，思欲一东归。
何怫郁，思欲一东归。
水深桥梁绝，中道正徘徊。四解。

迷惑失径路，暝无所宿栖。
失径路，暝无所宿栖。
行行日以远，人马同时饥。五解。

担囊行取薪，斧冰持作糜。
行取薪，斧冰持作糜。
悲彼《东山诗》，悠悠使我哀。六解。

　　　　　　　　——魏武帝作，见《乐府诗集》卷三十三

再如《塘上行》，其变动之处更多。本辞为：

蒲生我池中，其叶何离离。
傍能行仁义，莫若妾自知。
众口铄黄金，使君生别离。
念君去我时，独愁常苦思。
想见君颜色，感结伤心脾。
念君常苦悲，夜夜不能寐。
莫以豪贤故，弃捐素所爱。

莫以鱼肉贱，弃捐葱与薤。
莫以麻枲贱，弃捐菅与蒯。
出亦复苦愁，入亦复苦愁。
边地多悲风，树木何修修。
从君致独乐，延年寿千秋。

晋乐所奏，则改为：

蒲生我池中，蒲生我池中，其叶何离离。
傍能行人仪，莫能缕自知。
众口铄黄金，使君生离别。一解。按"离别"应校乙。

念君去我时，念君去我时，独愁常苦悲。
想见君颜色，感结伤心脾，夜夜愁不寐。二解。

莫用豪贤故，莫用豪贤故，弃捐素所爱。
莫用鱼肉贵，弃捐葱与薤。
莫用麻枲贱，弃捐菅与蒯。三解。

倍思者苦枯，倍思者苦枯，蹶船常苦没。
教君安息定，慎莫致仓卒。
念与君一共离别，亦当何时共坐复相对。四解。

出亦复苦愁，出亦复苦愁，入亦复苦愁。
边地多悲风，树木何萧萧。
今日乐复乐，延年寿千秋。五解。

《乐府诗集》卷三十五。引《邺都故事》，此歌最初为魏文帝甄皇后所作。言：后为郭皇后所谮，文帝赐死后宫，临终为诗曰：

蒲生我池中，绿叶何离离。

岂无兼葭艾，与君生别离。

莫以贤豪故，弃捐素所爱。

莫以麻枲贱，弃捐菅与蒯。

莫以鱼肉贱，弃捐葱与薤。

此说是否可信，此歌是否甄后作，第弗深考。要之，此为所举"本辞"之本辞，则无疑也。观此，知无论歌、诗、赋，入乐时每多增删修改，不尽存本来面目。职是，遂产生此种非歌谣，非诗赋之"乐府文学"。

乐府中，除民间歌谣，文人诗赋外，尚有音乐家自撰词，自制谱者。如《晋书·乐志下》曰："李延年因胡曲，更造新声二十八解。"《杂曲》中有《秦女休行》，《相和歌辞·平调曲》有《董成从军行》《雉朝飞短歌行》，为魏以新声被宠之左延年作。由此以观，古时所谓乐府，包有三种成分：

1. 民间歌谣 ⎫
　　　　　　⎬ 二种大概须经音乐家修改
2. 文人诗赋 ⎭

3. 音乐家自制歌词

上三种，皆古初创制之乐府歌词。逮后世，又有仿效之作，由是乐府之范围日广。仿效之作，可别为两种：

（一）入乐者

（二）不入乐者

兹先述入乐者。入乐者，又可分为两种：

1. 按旧谱制词者　乐府歌谱，既已行世，后人遂每依照其谱，别制新词，亦如后世词曲之按谱填词也。此又可分为二种：

（1）用旧谱而仍存其名者　此类最多，魏晋乐府，几于全属此类。唯虽用旧谱，而所咏泰半不与原歌同意。如《铙歌有所思》，吴兢《乐府古题要解》曰："右其词大略言：有所思，乃在大海南。何用问遗君，双珠原作殊，疑误。玳瑁簪。闻君有他心，烧之，当风扬其灰。从今以往，勿复相思，而与君绝也。若齐王融《如何有所思》、梁刘绘《别离安可再》，但言离别而已。"亦有与原歌略有同异者。如《陌上桑》，《乐府古题要解》曰："右古词：'日出东南隅，照我秦氏楼。'……案其歌词称罗敷采桑陌上，为使君所邀，罗敷盛夸其夫为侍中郎以拒之。……若晋陆士衡《扶升朝晖》等，但歌佳人好会，与古调始同而末异。"又间有与原歌大旨相仿者。如《短歌行》，《乐府古题要解》曰："右魏武帝'对酒当歌，人生几何'。晋陆士衡'置酒高堂，悲歌临觞'。皆言当及时为乐也。"

（2）用旧谱而改其名者 如《汉书·礼乐志》曰："武德舞者，高祖四年作。……孝景采《武德舞》，以为《昭德》。……孝宣采《昭德舞》为《盛德》。"再如《宋书·乐志（一）》曰："文帝魏黄初二年，改汉《巴渝舞》曰《昭武舞》，改宗庙《安世乐》《正世乐》，《嘉至乐》曰《迎灵乐》，《武德乐》曰《武颂乐》，《昭容乐》曰《昭业乐》，《云翘舞》曰《凤翔舞》，《育命舞》曰《灵应舞》，《武德舞》曰《武颂舞》，《文始舞》曰《大韶舞》，《五行舞》曰《大武舞》。"

2. 改换声谱者 声有改换者，如《汉书·礼乐志》曰："周有《房中乐》，至秦名曰《寿人》……高祖乐楚声，故《房中乐》楚声也。"据此知《房中乐》在周秦非楚声，至汉高祖始因乐楚声而改为楚声。《宋书·乐志（一）》曰："周又有《房中乐》，秦改曰《寿人》，其声楚声也，汉高好之。"盖误解《汉志》。周虽好房中诸乐，而词已不见，故兹《乐府编》自汉叙起。谱有改换者，如吴兢云："《薤露歌》《蒿里行》，右丧歌，旧曲本出于田横门人，歌以丧横。一章言人命奄忽如薤上之露易晞灭也。……二章言人死精魄归于蒿里。……至汉武帝时，李延年分为二曲；《薤露》送王公贵人，《蒿里》送士大夫庶人，挽柩者歌之。"又如《乐府诗集》卷四十四曰："《清商乐》……遭梁陈亡乱，存者益寡。及隋平陈得之，文帝善其节奏，曰：'此华夏正声也。'乃微更损益，去其哀怨，考而补之，以新定律吕，更造乐器。因于太常置清商署以官之，谓之《清乐》。"此则仿效之中，有改作之义矣。

今再述不入乐者。不入乐者，又可分为三种：

1.用乐府旧名者　承用乐府旧名，而所咏未必与旧歌相同，亦未曾入乐。此类，魏晋时盖已多有，于时仿古乐府，颇为盛行，未必皆被于乐。观魏晋乐所奏每与本辞有损益，则只有本辞者，谅非皆曾入乐。《宋书·乐志（一）》："王肃私造《宗庙诗颂》十二篇，不被歌。"至梁陈隋唐，此等用乐府旧名而不入乐之作，遂几擅一时词坛矣。

2.摘乐府歌词为题者　如《乐府诗集》卷三十三《苦寒行》下引《乐府解题》曰："晋乐奏魏武帝《北上篇》，备言冰雪溪谷之苦。其后或谓之《北上行》，盖因武帝辞而拟之也。"按武帝辞，首句为"北上太行山"故云。唐李白有《北上行》。

3.自拟题制词者　不用古题，自己制词命名。如元稹《乐府古题序》曰："近代唯诗人杜甫《悲陈陶》《哀江头》《兵车》《丽人》等，凡所歌行，举皆即事名篇，无复倚傍。余少时与友人白乐天李公垂辈谓是为当，遂不复拟赋古题。"

上三种，第一种概为模拟，第二种稍寓改作之意，第三种则几与创作无殊。然所以谓为仿效者何也？以其意仍在效法古乐府，学其格调，学其风采故也。故虽不入乐，而其作风仍与诗赋不同，仍为"乐府文学"。故亦于《乐府编》述之。唯后世词曲，亦每曰乐府，则于《词编》《戏曲编》，分列论述，兹不多及云。

归纳之，可制表于下：

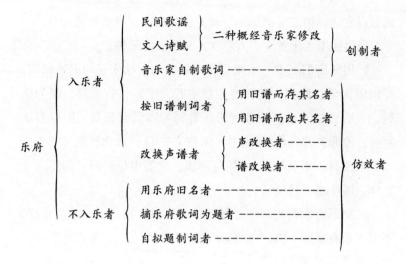

二 乐府之类别

乐府分类，盖始东汉明帝。西汉有三大乐府，曰《郊祀歌》，曰《房中歌》，曰《铙歌》，乃自然之类别，非人为之分析。吴兢《乐府古题要解》卷上曰："汉明帝定乐有四品。"唯四品之名，仅著最末一种，余者阙焉。今考《隋书·乐志》《通典·乐典（一）》，知四品为：

1. 大予乐　郊庙上陵所用
2. 雅颂乐　辟雍飨射所用
3. 黄门鼓吹乐　天子宴群臣所用
4. 短箫铙歌　军中所用

至蔡邕叙汉乐，亦分四类：见《宋书·乐志（二）》引。

1. 郊庙神灵
2. 天子享宴
3. 大射辟雍

4. 短箫铙歌

第四种一仍明帝，余三种名号虽殊，而按名思义，亦与明帝所定无大异。

《晋书·乐志》上则记汉乐为六类：

1. 五方之乐

2. 宗庙之乐

3. 社稷之乐

4. 辟雍之乐

5. 黄门之乐

6. 短箫之乐

言："其有《五方》之乐者，则所谓大乐九变，天神可得而礼也。其有《宗庙》之乐者，则所谓肃雍和鸣，先祖是听也。其有《社稷》之乐者，则所谓琴瑟击鼓，以迓田祖者也。其有《辟雍》之乐者，则所谓移风易俗，莫善于乐者也。其有《黄门》之乐者，则所谓宴乐群臣，蹲蹲舞我者也。其有《短箫》之乐者，则所谓王师大捷，令军中凯歌者也。"析《大予》为《五方》与《宗庙》，析《雅颂》为《社稷》与《辟雍》，渐进于邃密矣。

唐吴兢为《乐府古题要解》，更分为八类：

1. 相和歌 言："并汉世街陌讴谣之词。丝竹更相和，执节者歌之。"

2. 拂舞歌 言："前史云，出自江右。……今读其词，除《白鸠》一篇，余并非吴歌，未知所起。"

3. 白纻歌 言："旧史称《白纻》，吴地所出。《白纻舞》本吴舞也。"

4. 铙 歌 言："汉明帝定乐有四品，最末曰《短箫铙歌》，军中鼓吹之曲。……铙如铃而有舌，执柄而鸣之。"

5. 横吹曲 言："有鼓角。《周礼》以鼖鼓鼓，军事用角。"

6. 清商曲 言："蔡邕云，《清商曲》，其词不足采。……一说，《清商曲》，南朝旧乐也。"

7. 杂 题

8. 琴 曲 言：“诸语说多出《琴操》等书。”

各史《乐志》，专详郊祀乐章，至多不过下及铙歌而止，余每阙而不载。其实《清商》《相和》诸歌，占乐府主要部分，文学价值极高，史家以其无关国家典制而轻视之，实为大谬。吴氏取诸曲爬梳而理董之，赐惠后学者良多。《郡斋读书志》载兢尚有《古乐府词》十卷，当为与《古题要解》相表里之书，惜已佚矣。兢前，陈释智匠一作智丘。有《古今乐录》十三卷，隋郑译有《乐府歌辞》八卷、《乐府声调》六卷，于乐府当有较详之论述，然其佚已久，无从考阅焉。

宋郑樵《通志》，有《乐略》二卷，分乐府为五十三类：

1. 汉短箫铙歌二十二曲

2. 汉鞞舞歌五曲

3. 拂舞歌五曲　魏武帝分《碣石》为四曲，共八曲。

4. 鼓角横吹十五曲

5. 胡角十曲

6. 相和歌三十曲　汉旧歌

7. 相和歌咏叹四曲

8. 相和歌四弦一曲

9. 相和歌平调七曲

10. 相和歌清调六曲　《三妇艳诗》一曲附。按《总序》无，据分述增。

11. 相和歌瑟调三十八曲

12. 相和歌楚调十曲

13. 大曲十五曲

14. 白纻歌一曲

15. 清商曲八十四曲

上为正声之一，以比《风雅》之声。

16.郊祀十九章按依《总序》排次，分述中《清商曲》后为《琴操》。

17.东都五诗

18.梁十二雅

19.唐十二和

上为正声之二，以比《颂声》。

20.汉三侯之诗一章

21.汉房中之乐十七章

22.隋房内二曲

23.梁十曲

24.陈四曲

25.北齐二曲

26.唐五十五曲

上为别声，非正乐之用。

27.琴操五十七曲　九引，十二操，三十六杂曲。按《总序》仅作"琴"，兹据分述增"操"字。

上为正声之余。

28.舞曲二十三曲　《文武舞》二十曲，《唐三大舞》。按原无"曲"字，兹以名二十三曲，可见皆为曲，故增一"曲"字。

上为别声之余。

29.古调二十四曲

30.征戍十五曲

31.游侠二十一曲

32.行乐十九曲　按《总序》作十八曲，分述作十九曲，细检确为十九曲。

33.佳丽四十七曲

34.别离十八曲

35.怨曲二十五曲

36.歌舞二十一曲

37. 丝竹十一曲

38. 觞酌七曲

39. 宫苑十九曲

40. 都邑三十四曲

41. 道路六曲

42. 时景二十五曲

43. 人生四曲

44. 人物九曲

45. 神仙二十二曲

46. 梵竺四曲

47. 番胡四曲

48. 山水二十四曲

49. 草木二十一曲

50. 车马六曲

51. 龙鱼六曲

52. 鸟兽二十一曲

53. 杂体六曲

上为遗声，以比逸诗。

郑氏横以时分，纵以类分，所以至于有五十余种之多。中有无庸分而郑氏强分者。如《白纻歌》，郑氏曰："梁武改为《子夜吴声四时歌》。"又曰："其音入《清商调》，故清商七曲有《子夜》者，即《白纻》也。"又曰："《白纻》与《子夜》，一曲也；在吴为《白纻》，在晋为《子夜》。"是则《白纻》即《子夜》，应入《清商曲》，不应自为一类。至古调以下所分，抑亦太琐碎矣。然郑氏遍采乐府歌辞，详为分类，其功伟哉。本师梁任公先生曰："乐府之分类，似草创于王僧虔《技录》，而郑樵《乐略》益加精密。"然王书已亡，其分类详情，无由征考，故不得不仅列郑氏说而已。分类本极难之事，郑氏所分，虽不无可议，然亦足观矣。唯必一一比附《诗经》，则失之拘哉。

至郭茂倩时代较晚，得遍观前人之书，集各家大成，总括历代乐府，上起陶唐，下迄五代，为《乐府诗集》一百卷。共分为十二类：

1. 郊庙歌辞　包括《郊祀》《宗庙》《明堂》《社稷》等。

2. 燕射歌辞　包括汉明帝所谓《雅颂乐》《黄门鼓吹》等，《飨射》《宴乐》《食举》皆属之。

3. 鼓吹曲辞　《鼓吹铙歌》属之。

4. 横吹曲辞　《横吹曲》，其始亦谓之《鼓吹》，马上奏之，盖军中之乐也。其后分为二部：有箫笳者为《鼓吹》，用之朝会道路，亦以给赐。有鼓角者为《横吹》，用之军中，马上所奏者，是也。《晋书·乐志》曰："《横吹》有鼓角，又有胡角。"

5. 相和歌辞　包括《相和六引》《相和曲》《吟叹曲》《四弦曲》《平调曲》《清调曲》《瑟调曲》《楚调》《大曲》，共九种。

6. 清商曲辞　始即《相和》三调，《平调》《清调》《瑟调》。后魏孝文帝讨淮汉，宣武定寿春，得江左所传中原旧曲，《明君》《圣主》《公莫》《白鸠》之属，及江南《吴歌》、荆楚《西声》，总谓之《清商乐》。包括《吴声歌辞》《神弦歌》《西曲歌》《江南弄》《上云乐》《梁雅歌》等。

7. 《舞曲歌》　包括《雅舞》《杂舞》等。

8. 琴曲歌辞

9. 杂曲歌辞

10. 近代曲辞　《近代曲》，亦《杂曲》也，以其出于隋唐之世，故曰《近代曲》。

11. 杂歌谣辞　包括《歌辞》《谣辞》等。

12. 新乐府辞　皆唐世新歌，以其辞实乐府，而未尝被于声，故曰《新乐府》。

郭氏此种分类，实为比较恰当。本师梁任公先生曰："所谓《近代曲辞》者，乃隋唐以后新谱，下及五代北宋小词，与汉魏乐府无涉。所谓《新乐府辞》者，乃唐以后诗家自创新题号称乐府者，实则未尝入乐。所谓《杂歌谣》，则徒歌之谣。……以上三种，严格论之，皆不能谓为乐府。《舞曲》《琴曲》，则历代皆有曲无辞，如《小雅》之《六笙诗》，其辞大率六朝以后人补作也。其余《郊庙》《燕射》《鼓吹》《横吹》《相和》《清商》《杂曲》七种，皆导源汉魏，后代循而衍之。狭义的乐府，当以此为范围。"《美文史》。同学陆君侃如亦以《琴曲》泰半根据《琴操》，而《琴操》乃不可信之书，故主张《琴曲》一类可废。《近代曲》本《杂曲》，在今日不必采用此种分别。《歌谣》及《新乐府》二类，不是真乐府。故陆君谓乐府应分为八种，即于梁先生所谓七种外，益《舞曲》一种也。《乐府古辞考》。

　　今案治乐府有两种立场，一曰音乐，一曰文学。以音乐为立场，则所谓《新乐府》者，自然可废。岂唯《新乐府》，魏晋之作，其不入乐者，亦当可废。即其入乐者，每多与本辞不同，则凡非本辞亦可废。若以文学为立场，则凡仿效乐府之作，皆当目为乐府文学。兹编乃述乐府文学，非论乐府声调，故不能去《新乐府》。郭氏概以类分，非以时分，独《近代曲辞》，以时为类，与其体例实有未合。但于治乐府文学流变，颇为便利，故吾侪亦乐与赞同。唯五代北宋小词，则为词，而非乐府，虽亦泰半入乐，以其蔚为大国，故别出为《词编》叙述。《舞曲》，自后汉东平王苍已有《武德舞歌诗》，自余《鞞舞》《拂舞》，率有歌词，故亦可以自成一类。唯《琴曲》最古之《琴操》既不可信，详《歌谣编》。则后世之仿效之作，可援《散乐》附入舞曲，雅乐附入《清商曲》之例，附入《杂曲》。《杂歌谣词》，余对梁陆之说，极表同意，故别为《歌谣编》述之。故余以为乐府文学，可分十类：

　　（一）郊庙歌辞

　　（二）燕射歌辞

　　（三）舞曲歌辞

　　（四）鼓吹曲辞

（五）横吹曲辞

（六）相和歌辞

（七）清商曲辞

（八）杂曲歌辞　附入后世摹仿琴曲之歌辞

（九）近代曲辞　去五代北宋小词

（十）新乐府辞

《歌谣》与《新乐府》皆不入乐，所以摒《歌谣》，采《新乐府》者，以《歌谣》作者，并不效法乐府，《新乐府》作者，则刻意学之，故其作风遂一为徒歌，一似乐府。《舞曲》所以移前者，本陆君其性质与《郊庙歌》《燕射歌》相近说耳。

第二章

两汉之乐府

一 三大乐府

两汉有三大乐府，一曰《房中歌》十七章，二曰《郊祀歌》十九章，三曰《铙歌》二十二曲。

（一）《房中歌》《汉志》曰："《房中祀乐》，高祖唐山夫人所作也。周有《房中乐》，至秦名曰《寿人》。凡乐，乐其所生，礼不忘本，高祖乐楚声，故《房中乐》，楚声也。孝惠二年，使乐府令夏侯宽备其箫管，更名曰《安世乐》。"然则《房中》十七章，出于汉初，为传世乐府歌词之最古者，而出于一弱女子之手，亦可为中国妇女文学史增色矣。其词俱载《汉志》，今录数章于下：

> 大孝备矣，休德昭明。高张四县，乐充宫庭。
> 芬树羽林，云景杳冥。金支秀华，庶旄翠旌。
>
> ——第一章

> 王侯秉德，其邻翼翼。显明昭式，清明鬯矣。
> 皇帝孝德，竟全大功，安抚四极。海内有奸，

纷乱东北。诏抚成师，武臣承德。行乐交逆，
箫勺群慝。肃为济哉，盖定燕国。

——第四章

大海荡荡水所归，高贤愉愉民所怀。
大山崔，百卉殖。民何贵？贵有德。

——第五章

丰草葽，女罗施。善何如？谁能回？
大莫大，成教德。长莫长，被无极。

——第七章

孔容之常，承帝之明。下民之乐，子孙保光。
承顺温良，受帝之光。嘉荐令芳，寿考不忘。

——第十五章

　　检今本《汉书》，仅十六章。刘敞曰："按此言《房中歌》十七章，推寻文义，不见十七章，疑本十二章，误为十七章也。"意为之说，不足为据。但其历数十七章之目，有曰："《王侯秉德》一章七句……《海内有奸》一章八句。"是刘敞所见，本为两章，考《乐府诗集》亦为两章，今本误连为一章，故只十六章矣。

　　《房中歌》，本祭祀宗庙之乐，故曰："大孝备矣。"故曰："承帝之明。"故曰："子孙保光。"《后汉书·桓帝纪》曰："坏郡国诸房祀。"注"房为柯堂也"。后世房字变为闺房之义，而此歌又出女子之手，由是每多误解。魏明帝时，侍中缪袭奏言："往昔议者以《房中》歌后妃之德，所以风天下，正夫妇，宜改曰《安世》之名。……省读汉《安世歌》咏，亦说'高张四县，神来燕享，嘉荐令仪，永受厥福'，无有《二南》后妃风化天下之言。今思唯往者谓房中为后妃之歌者，恐失其意。……宜改曰

'享神歌'。"见《宋志》一。此言诚是。而郑樵不察，尚依违其说，谓："《房中乐》者，妇人祷祀于房中也。"岂不悖哉！

（二）《郊祀歌》《汉志》曰："至武帝定郊祀之礼……以李延年为协律都尉，多举司马相如等数十人，造为诗赋，略论律吕，以合八音之调，作十九章之歌。"《李延年传》亦曰："是时上方兴天地诸祠，欲造乐，令司马相如等作诗颂，延年辄承意弦歌所造诗，为之新声曲。"是郊祀歌泰半出司马相如等，而李延年为之新声曲，或于词有所润色。但十九章之中，有四章题为邹子乐，邹子当为邹阳。邹阳，景帝时人，未知武帝时尚在否。志又载建始成帝元号。元年，匡衡奏更换二句，则此十九章者，未必成于一时。邹子四章，录二章：

> 朱明盛长，敷与万物。桐生茂豫，靡有所诎。沈钦韩曰："桐
> 恫通，恫然未有所知。"
>
> 敷华就实，既阜既昌。登成甫田，百鬼迪尝。
>
> 广大建祀，肃雍不忘。神若宥之，传世无疆。师古注："若，善
> 也。宥，佑也。"
>
> ——《朱明》第四

> 西颢沆砀，秋气肃杀。含秀垂颖，续旧不废。
>
> 奸伪不萌，妖孽伏息。隔辟越远，四貉咸服。
>
> 既畏兹威，惟慕纯德。附而不骄，正心翊翊。
>
> ——《西颢》第五

司马相如等十五章，录五章：

> 练时日，侯有望。焫膋萧，延四方。
>
> 九重开，灵之游，垂惠恩，鸿祐休。
>
> 灵之车，结玄云，驾飞龙，羽旄纷。
>
> 灵之下，若风马，左苍龙，右白虎。
>
> 灵之来，神哉沛，先以雨，般师古注："般读与班同，班，布也。"

裔裔。

灵之至，度阴阴，相放怫，震澹心。

灵已坐，五音饬，虞至旦，承灵亿。

牲茧栗，粢盛香，尊桂酒，宾八乡。

灵安留，吟《青黄》，遍观此，眺瑶堂。

众嫭并，绰奇丽，颜如荼，兆逐靡。

被华文，厕雾縠，曳阿锡，佩珠玉。

侠嘉夜，茝兰芳，澹容与，献嘉觞。

——《练时日》第一

日出入安穷？时世不与人同。故春非我春，夏非我夏，秋非我秋，冬非我冬。泊如四海之池，遍观是邪谓何。吾知所乐，独乐六龙。六龙之调，使我心若。訾黄其何不徕下。

——《日出入》第九

天门开，詄荡荡。穆并骋，以临飨。光夜烛，德信著，灵浸鸿，长生豫。大朱涂广，夷石为堂，饰玉梢以歌舞，体招摇若永望。星留俞，塞陨光，照紫幄，珠烦黄。幡比翅回集，贰双飞常羊。月穆穆以金波，日华耀以宣明。假清风，轧忽，激长至重觞。神裴回若留放，殣冀亲以肆章。函蒙祉福常若期，寂漻上天知厌时。泛泛滇滇从高游，殷勤此路胪所求。佻正嘉吉弘以昌，休嘉砰隐溢四方。专精厉意逝九阂，纷云六幕浮大海。

——《天门》第十一

齐房产草，九茎连叶。宫商效异，披图按谍。

玄气之精，回复此都。蔓蔓日茂，芝成灵华。

——《齐房》第十三。元封二年，芝生甘泉齐房作。

后皇嘉坛，立玄黄服。物发冀州，兆蒙祉福。

沇沇四塞，假即逡。狄合处。经营万亿，咸遂厥宇。

——《后皇》第十四

汉初韵文，除歌谣外，非取法于《诗经》，即胎息于屈屈原赋。荀，荀卿赋。自创之格调甚少。唐山夫人《房中歌》，虽为楚声，而词藻则颇似《诗颂》，如"大孝备矣"，"王侯秉德"，"海内有奸"，"孔容之常"，其显然者也。邹阳司马相如等，骚赋翩翩，有凌云之意：虽源出屈宋，而能发扬踔厉，别树一帜。《郊祀歌》则邹子四章、司马相如等十五章中，若所举《齐房》第十三、《后皇》第十四，及未举之《帝临》第二、《青阳》第三，四言为句，全袭《诗经》三颂；若所举《天门》第十一，及未举之《天地》第八，三言七言，错综组织，略同荀卿《成相》；此言其形式，其内容则似效法《楚辞》，麻木冥顽，望而生厌。若所举《练时日》第一，及未举之《华烨烨》第十五、《朝陇首》第十七、《赤蛟》第十九，取效《楚辞》，尚能得其恍恍迷离之妙，然生动真挚之趣，已视彼远逊矣。推原其故，盖以摹拟之作，固多形似神遗，而应制赋诗，又非出之本性故耳。唯多通体三言，于体制上似少有贡献焉。

（三）《铙歌》《铙歌》不见《汉志》，然明帝定乐，列入四品，盖亦《西汉》之歌矣。亦名《鼓吹》，乃军中之乐，大抵非一人之作，亦非一时之歌，不用于庙堂，不出于应制，间有似应制撰者，然极少。随感而发，无所倚傍，故有深刻之情感，流宕之格调，视《房中郊祀》真有天渊之别。全二十二曲：一曰《朱鹭》，二曰《思悲翁》，三曰《艾如张》，四曰《上之回》，五曰《拥离》，一曰《翁离》。六曰《战城南》，七曰《巫山高》，八曰《上陵》，九曰《将进酒》，十曰《君马黄》，十一曰《芳树》，十二曰《有所思》，一曰《嗟佳人》。十三曰《雉子班》，十四曰《圣人出》，十五曰《上邪》，十六曰《临高台》，十七曰《远如期》，一曰《远期》。十八曰《石留》，辞尚存。十九曰《务成》，二十曰《玄云》，二十一曰《黄爵》，一曰《黄爵行》。二十二曰《钓竿》；辞已佚。或云无《钓竿》，共二十一曲。本《乐府诗集》卷十六引《古今乐录》。惜存者十八曲，亦讹误甚多，几于不可句读。《宋志》引景祕《广记》曰："言字讹谬，声辞杂书。"又于宋《铙歌》词下注云："乐人以声音相传，训诂不可复解。"《乐府诗集》曰："凡古乐录皆大字是辞，细字是声，声辞合写，故致然耳。"卷十九。我国乐谱制法拙劣，致古乐一无留遗；间有一二，又声辞相混，不足以传声，反足以乱辞，可病孰甚。

十八曲中有时代略可推定者二曲，一曰《上之回》。

> 上之回所中，益夏将至行将北。以承甘泉宫。寒暑德。游石关，望诸国。月支臣，匈奴服。令从百官疾驱驰，千秋万岁乐无极。

《汉书·武帝纪》曰："元封四年冬十月，行幸雍，祠五畤，通回中道，遂北出萧关。"吴兢《乐府古题要解》曰："汉武帝元封初，因至雍，遂通回道，后数出游幸焉。其歌称帝'游石关，望诸国，月支臣，匈奴服'，皆美当时事也。"《乐府诗集》曰："石关，宫阙名，近甘泉宫，相如《上林赋》云：'蹶石关，历封峦'是也。"据此，此首似在武帝元封中。

一曰《上陵》。

> 上陵何美美？下津风以寒。问客从何来？言从水中央。桂树为君船，青丝为君笮，木兰为君棹，黄金错其间。沧海之雀赤翅鸿，白雁随，山林乍开乍合，曾不知日月明。醴泉之水，光泽何蔚蔚？芝为车，龙为马，览遨游，四海外。甘露初二年，芝生铜池中。仙人下来饮，延寿千万岁。

甘露为宣帝六次改元元号，准"美时事"之义，则此首当在甘露年间也。

《上之回》末句为"千秋万岁乐无极"，《上陵》末句为"延寿千万岁"，似有应制而作之嫌，故皆未能为上乘文学。十八曲之上乘文学，鄙意当推《战城南》《有所思》《上邪》三首：

> 战城南，死郭北，野死不葬乌可食。为我谓乌：且为客豪，
> 野死谅不葬，腐肉安能去子逃？水深激激，蒲苇冥冥。枭骑战斗
> 死，驽马徘徊鸣，梁筑室，何以南，梁何北。此九字似有讹，"梁何
> 北"，疑为"何以北"。禾黍而而疑为不字之误。获君何食？愿为忠臣
> 安可得？思子良臣，良臣诚可思。朝行出攻，暮不夜归！
>
> ——《战城南》

此诗乃民人厌战之呼声。"野死不葬乌可食"，已能将战后死尸
狼藉，鸟兽吞食之景况，全盘绘出。而又益以"野死谅不葬，腐
肉安能去子逃"二句，以文论妙不可言，以事论惨不忍睹，为
千古诅咒战争之绝唱。

> 有所思，乃在大海南。何用问遗君？双珠玳瑁簪，用玉绍缭
> 之。闻君有他心，拉杂摧烧之！摧烧之，当风扬其灰！从今以
> 往，勿复相思！相思与君绝，鸡鸣狗吠，兄嫂当知之。此句不甚
> 可解。妃呼狶，秋风萧萧晨风飔，东方须臾高知之。此句当有脱误。
>
> ——《有所思》

> 上邪！此与《有所思》之"妃呼狶"，盖皆为叹辞。我欲与君相知，
> 长命无绝衰。山无陵，江水为竭，冬雷震震，夏雨雪，天地合，
> 乃敢与君绝。
>
> ——《上邪》

二首皆恋歌，皆赌咒发誓，斩钉截铁。《有所思》誓言"勿复相
思"，正见其相思之深，纯将一时迸裂的情感，抒为文章，此种
奇作，古今中外，皆不多观，专门诗家，更不能道其只字。《上
邪》亦能状出沸热之情感。此外若《君马黄》一节，似可解似
不可解，似有义似无义，顽而可爱。今亦录下：

君马黄，臣马苍，二马同逐臣马良。易之有骧蔡有赭。*此句似有误。*美人归以南，驾车驰马，美人伤我心。佳人归以北，驾车驰马，佳人安终极。

其他多讹误太甚，不能索解，比较可诵者唯《临高台》：

临高台以轩，下有清水清且寒。江有香草目以兰，黄鹄高飞离哉翻。关弓射鹄，令我主寿万年。

二 乐府古辞及其他

三大《乐府》以外之两汉乐府，尚甚多，惜多名存辞亡；存者唯所谓"古辞"，余无几也。"古辞"之名，盖创始沈约《宋书》，后世各史《乐志》及乐府书因之。沈氏自著其例曰："凡乐章古词今之存者，并汉世街陌谣讴，《江南可采莲》《乌生十五子》《白头吟》之属是也。"*《乐志》一。*《晋书》亦有此言，但《晋书》*著作年代后于《宋书》，故举《宋书》。*由此知《宋志》所载古辞，皆沈约认为汉世之歌。沈约去汉未远，所言当不甚谬。然《通志·乐略》《乐府诗集》所录古辞，视《宋志》几增一倍，是否尽为汉讴，又有问题。且东西汉前后四百年，所谓"汉世"，为东汉？为西汉？为东汉何时？为西汉何时？沈氏未曾明言。今检古辞中多通篇五言。传世五言诗，若《古诗十九首》、苏李《赠答诗》、卓文君《白头吟》、班婕妤《怨歌行》，其著作年代，远者不出东汉之末，近者或在魏晋六代，旧以为枚乘、苏武、李陵、卓文君、班婕妤者，全非事实。*俟《诗编》详论。徐中舒《古诗十九首考》《五言诗发生问题的讨论》，及拙撰《五言诗起源说评录》，可参阅。*故谓五言诗起源于西汉，或西汉之前者，纯为不明文学流变之呓语。至成帝之世，始有五言歌谣；详《歌谣编》第四章《两汉歌谣》。至东汉班固，始有五言诗，《咏史》，俟《诗编》详之。然质木无文。乐府古辞之五言者，率词藻华缋，声韵优美，疑其产生时代甚晚。兹分为非五言者、五言者、疑非汉讴者三类，叙述之。

（一）**非五言者**　以文学流变之系统论，非五言者，其产生当较早。粤稽往籍，其年代可略为考订者，亦非五言者，视纯粹五言者为先。

（1）《薤露》《蒿里》《相和曲》。　《宋志》列《薤露》《蒿里行》之目，而未载古辞，然崔豹《古今注·音乐篇》已言："《薤露》《蒿里》，并丧歌也，出田横门人。横自杀，门人伤之，为之悲歌。言人命如薤上之露易晞灭也，亦谓人死魂魄归乎蒿里。"故有二章。一章曰：

> 薤上露，何易晞！露晞明朝还复溢，人死一去何时归！

其二曰：

> 蒿里谁家地，聚敛魂魄无贤愚。鬼伯一何相催促？今乃不得少踟蹰！

至汉武帝时，李延年乃分为二曲，《薤露》送王公贵人，《蒿里》送士大夫庶人。挽枢者歌之，世呼为"挽枢歌"。

崔豹为晋人，在沈约之前，知此歌之传流甚早。是否出田横门人虽不敢必，约之必先汉之歌矣。

（2）《董逃行》《清调曲》。　词见《宋志》三：

> 吾从上谒从高山，山头危险大难言。遥望五岳端，黄金为阙班璘。但见芝草叶落纷纷。一解。
> 百鸟集，来如烟，山兽纷纶，麟辟邪其端。鹍鸡声鸣，但见

山兽援戏相拘攀。二解。

　　小复前行玉堂未，心怀流还传。教出门来门外人何求？所言："欲从圣道求一得命延。"三解。

　　教敕凡吏受言："采取神乐若木端。白兔长跪捣药虾蟆丸。奉上陛下一玉柈，服此药，可得神仙。"四解。

　　服尔神药，莫不喜欢。陛下长生老寿，四面肃肃稽首。天神拥护左右陛下，长与天相保守。五解。

《古今注》曰："《董逃歌》，后汉游童所作也。后有董卓作乱，卒以逃亡，后人习之以为歌章，乐府奏之以为炯戒。"然吴旦生曰："《乐府原题》谓《董逃行》作于汉武之时，盖武帝有求仙之兴，董逃者，古仙人也。后汉游童竞歌之，终有董卓之乱，卒以逃。此则谣谶之言，因其所尚之歌，故有是事，实非起于后汉也。然则此篇古辞乃武帝时作，刺而不讥。《董逃歌》为后汉童谣，只有取于'董逃'二字而为之者，与此篇辞意迥别。《宋书·乐志》作《董桃行》，按今本作逃。从《武帝内传》王母觞帝，索桃七枚，以四唊帝，自食其三，因命董双城吹云和笙侑觞，故改'逃'作'桃'。此乃无端附会，非诗中意，尤非古辞命篇之意。更有引梁简文《行幸甘泉宫歌》'董桃律金紫，贤妻侍禁中'，以为董贤及弥子瑕残桃故事者，尤为不伦。要归从《乐府原题》，其余诸说皆无足取。"今按后汉《董逃歌》，载《后汉书·五行志》，言：灵帝中平中，京都歌曰：

　　承乐世董逃，游四郭董逃。
　　蒙天恩董逃，带金紫董逃。
　　行谢恩董逃，整车骑董逃。
　　垂欲发董逃，与中辞董逃。
　　……
　　日夜绝董逃，心摧伤董逃。

《风俗通》曰："卓以《董逃》之歌，主为己发，大禁绝之。"杨孚《董卓传》"卓改《董逃》为《董安》"。其义与此全异，崔豹盖误以《董逃歌》为《董逃行》，吴氏之言是也。

（3）东平王苍《武德舞歌诗》《舞曲》。《宋志》一："至明帝初，东平宪王苍制舞歌一章，荐之光武之庙。"

> 于穆世庙，肃雍显清。俊乂翼翼，秉文之成。
> 越序上帝，骏奔来宁。建立三雍，封禅泰山。
> 章明图谶，放唐之文。休矣惟德，罔射协同。
> 本支百世，永保厥功。

按荀悦《东观汉记》："明帝永平三年八月，公卿奉世祖庙舞名，东平王苍议以为：汉制宗庙各奏其乐，不皆相袭，以明功德。光武皇帝拨乱中兴，武功盛大，庙乐舞宜曰《大武之舞》。其《文始》《五行》之舞如故，勿进《武德舞》。谓曰：'如骠骑将军议，进《武德之舞》如故。'"据此东平王虽主改乐舞，然未能实行，故其所作仍为《武德舞歌诗》。《汉书·礼乐志》："高祖庙奏《武德》《文始》《五行》之舞。"则《武德舞》其来已久，东平此诗，乃拟作而非创制，实为曹氏父子拟古乐府之先声。诗词无甚精采，庙堂诗歌，无性灵可言，古今皆无佳作，不唯东平一篇为然也。

（4）《雁门太守行》《瑟调曲》。 词见《宋志》三：

> 孝和帝在时，洛阳令王君，本自益州广汉民，少行宦，学通五经论。一解。
> 明知法令，历世衣冠，从温补洛阳令。治行致贤，拥护百姓，子养万民。二解。
> 外行猛政，内怀慈仁，文武备具，料民富贫，移恶子姓，原本姓下多"名五"二字，依《乐府诗集》卷三十九校删。篇疑为编之讹。著里端。三解。
> 伤杀人，比伍同罪对门禁。禁鳌矛八尺，捕轻薄少年，加答

决罪，诣马市论。四解。

无妄发赋，念在理冤。敕吏正狱，不得苛烦。财用钱三十，买绳礼竿。五解。

贤哉，贤哉，我县王君，臣吏衣冠，奉事皇帝，功曹主簿，皆得其人。六解。

临部居职，不敢行恩，青身苦体，夙夜劳勤。治有能名，远近所闻。七解。

天年不遂，早就奄昏。为君作祠，安阳亭西。欲令后世，莫不称传。八解。

《后汉书·王涣传》："王涣字稚子，广汉郪人也。……少好侠，尚气力。晚改节，习书读律，略通大义。后举茂才，除温令，讨击奸滑，境内清夷。商人露宿于道，其有放牛者，辄云以属雅子，终无侵犯。在温三年，迁兖州刺史，绳正部郡，风威大行。后坐考妖言不实论，岁余，征拜侍御史。永元和帝初元。十五年，还为洛阳令，政公讼理，发摘奸伏，京师称叹，以为有神算。元兴和帝十七年改元兴。元年病卒，百姓咨嗟，男女老幼相与致奠，醊以千数。……民思其德，为立祠安阳亭西，每食弦歌而荐之。"《乐府古题要解》曰："按古歌词历述涣本末，与传合，而曰《雁门太守行》，所未详。"按《古今乐录》曰："王僧虔《技录》云，《雁门太守行》歌《古洛阳令》一篇。"《乐府诗集》卷三十九引。《宋志》载此篇正先题《洛阳令》，后题《雁门太守行》。是《洛阳令》为此篇篇名，《雁门太守行》为此篇乐府调名。知《雁门太守行》古辞已亡，此篇乃按其调谱制词者，与东平王苍《武德舞歌诗》，皆为仿效乐府之最古者。

（5）《平陵东》《相和曲》　崔豹《古今注》曰："《平陵东》，汉翟义门人所作也。"《乐府古题要解》曰："义，丞相方进之少子，字文中，为东郡太守。王莽篡汉，起兵诛之，不克而见害。门人作歌以怨之。"按词存《宋志》三：

　　平陵东，松柏桐，不知何人劫义公。

　　劫义公，在高堂下，交钱百万两走马。

　　两走马，亦诚难，顾见追吏心中恻。

　　心中恻，血出漉，归告我家卖黄犊。

以上五首，时代略可考订。

　　（6）《箜篌引》《瑟调曲》。《古今注》："《箜篌引》，朝鲜津卒霍里子高妻丽玉所作也。子高晨起刺船而濯，有一白首狂夫，被发提壶，乱流而渡。其妻随呼止之，不及，遂堕河死。于是援箜篌而鼓之，作'《公无渡河》'之歌，声甚凄怆，曲终自投河而死。霍里子高还，以其声语妻丽玉。玉伤之，乃引箜篌而写其声，闻者莫不堕泪饮泣焉。丽玉以其声传邻女丽容，名曰《箜篌引》焉。"按其词见《乐府诗集》卷二十六叙《箜篌引》下，无特列古辞，不知何故。

　　公无渡河，公竟渡河。堕河而死，当奈公何？

文才十六字，而呜咽啜泣之状，令人恍如目睹，不忍卒读。陆侃如《乐府古辞考》引《古今乐录》曰："今三调中自有《公无渡河》，其声哀切，故入《瑟调》。"由是谓："后人多以此篇为《箜篌引》，盖因《古今注》而误。"按崔豹先于王僧虔，考古应以古为据。且《古今乐录》亦未以此篇无《箜篌引》之名。《乐府诗集》卷二十六引《古今乐录》曰："张永《技录相和》有四引，一曰《箜篌引》……《箜篌引》歌《瑟调》。"是此篇虽在《相和引》，而歌时则入《瑟调》，不能以其入《瑟调》之言，谓此篇非《箜篌引》也。

　　（7）《江南曲》《相和曲》。《乐府古题要解》曰："《江南曲》古辞……盖美其芳晨丽景，嬉游得时。"词见《宋志》三：

　　江南可采莲，莲叶何田田。鱼戏莲叶间，鱼戏莲叶东，鱼戏莲叶西，鱼戏莲叶南，鱼戏莲叶北。

此种歌词，并无深思奥义，盖为顽童嬉游得意时之自然歌唱。以作风论，似乎发生时期较早。

（8）《猛虎行》《平调曲》。　词见《乐府诗集》卷三十一，而不正载其文。词曰：

> 饥不从猛虎食，暮不从野雀栖。野雀安无巢，游子为谁骄？

（9）《善哉行》《瑟调曲》。《乐府诗集》卷三十六曰："此篇诸集所出，不入《乐志》。"然《宋书·乐志》载之，知郭氏此言不确。词曰：

> 来日大难，口燥唇干。今日相乐，皆当喜欢。一解。
> 经历名山，芝草翻翻。仙人王乔，奉药一丸。二解。
> 自惜袖短，内手知寒。惭无灵辄，以报赵宣。三解。
> 月没参横，北斗阑干。亲交在门，饥不及餐。四解。
> 欢日尚少，戚日苦多。何以忘忧，弹筝酒歌。五解。
> 淮南八公，要道不烦。参驾六龙，游戏云端。六解。

《乐府古题要解》曰："言人命不可保，当乐见亲友，且求长年术，与王乔八公游焉。"此释甚是。《乐府诗集》曰："《善哉行》者，盖叹美之辞也。"未可以解此篇也。

（10）《东门行》《瑟调曲》。　词见《乐府诗集》卷三十七：

> 出东门，不顾归，来入门，怅欲悲。盘中无斗米储，还视架上无悬衣。拔剑东门去，舍中儿母牵衣啼："他家但愿富贵，贱妾与君共哺糜。""上用仓浪天，故下当用此黄口儿。今非咄行，吾去为迟，白发时下难久居。"后数语不甚可解。

此首写一贫民家庭，夫因贫困，欲出外谋生，妻不忍舍去，宁愿共哺糜，此之谓真正爱情。

（11）《妇病行》《瑟调曲》。 词载《乐府诗集》卷三十八：

> 妇病连年累岁，传呼丈人前一言。
> 当言未及得言，不知泪下一何翩翩。
> "属累君，两三孤子，莫我儿饥且寒。
> 有过慎莫笪音挞。笞，行当折摇思复念之。"此处疑有误。
> 乱曰：抱时无衣，襦复无里，闭门塞牖舍。孤儿到市道逢亲
> 交，梁任公先生疑作父，下同。
> 泣坐不能起。从乞求与孤儿买饵，对交啼泣，泪不可止。
> 我欲不伤悲不能已。探怀中钱持受交。
> 入门见孤儿啼，索其母抱。徘徊空舍中。"行复尔耳，弃置
> 勿复道。"

此盖歌母儿居寒，父不一顾，读之令人凄恻。篇中将母子之爱，
形容到十分，而其父之冷酷无情，亦能从字里行间，表现尽致。
文质两面，皆有极大价值。与此同为悲剧者，尚有《孤儿行》。

（12）《孤儿行》《瑟调曲》。《孤儿行》，一曰《孤子生行》，
一曰《放歌行》。《乐府诗集》卷三十八曰："言孤儿为兄嫂所苦，
难与久居也。"其词曰：

> 孤儿生，孤子遇生，命独当苦：父母在时，乘坚车，驾驷
> 马。父母已去，兄嫂令我行贾。南到九江，东到齐与鲁。腊月来
> 归，不敢自言苦。头多玑虱，面目多尘。大兄言办饭，大嫂言视
> 马。上高堂行取，殿下堂，孤儿泪下如雨。使我朝行汲，暮得水
> 来归。手为错，足下无菲。怆怆履霜，中多蒺藜；拔断蒺藜，肠
> 肉中，怆欲悲。泪下渫渫，清涕累累。冬无复襦，夏无单衣。居
> 生不乐，不如早去下从地下黄泉。春气动，草萌芽。三月蚕桑，
> 六月收瓜。将是瓜车，来到还家。瓜车反覆，助我者少，啖瓜者
> 多。"愿还我蒂，兄与嫂严，独且急归，当兴校计！"乱曰：里
> 中一何谣谣？愿欲寄尺书，将与地下父母："兄嫂难与久居！"

此篇视前篇更为深刻，妙在不惮烦劳，将琐碎事插叙于中，令读者得睹具体的情况。此两篇皆社会家庭之写实，皆社会家庭之最要问题，其价值固不仅在文字艺术也。

（13）《艳歌何尝行》《瑟调曲》。《宋志》三："《艳歌何尝》，一曰《飞鹄行》。"《乐府诗集》卷三十九作《艳歌何尝行》。词曰：

> 飞来双白鹄，乃从西北来。
> 十十五五，罗列成行。一解。
> 妻卒被病，行不能相随。
> 五里一反顾，六里一徘徊。二解。
> 吾欲衔汝去，口噤不能开。
> 吾欲负汝去，毛羽何摧颓！三解。
> 乐哉新相知，忧来生别离。
> 踟蹰顾群侣，泪下不自知。四解。
> 念与君离别，气结不能言。
> 各各重自爱，远道归何难。
> 妾当守空房，闭门下重关。
> 君生当相见，亡者会黄泉。
> 今日乐相乐，延年万岁期。趋。

此篇盖夫妇远别之词，四解皆以双鹄为喻，趋始写实，格局极为别致。"衔汝""负汝"，真能将纯挚的爱情，写得如见。

此依《宋志》。《玉台新咏》卷一亦著之，谓为《古乐府诗》，题为《双白鹄》，其词稍异，变为纯粹五言。今亦录下：

> 飞来双白鹄，乃从西北来。
> 十十将五五，罗列行不齐。
> 忽然卒疲病，不能飞相随。
> 五里一反顾，六里一徘徊。

> 吾欲衔汝去，口噤不能开。
>
> 吾欲负汝去，羽毛日摧颓。
>
> 乐哉新相知，忧来生别离。
>
> 踌躇顾群侣，泪落纵横垂。
>
> 今日乐相乐，延年万岁期。

前一首语句不如此之整齐，声韵不如此调谐。考《宋书》作者沈约，生于宋元嘉十八年，西后441。卒于梁天监十二年。西后513。《玉台新咏》选者徐陵，生于梁天监六年，西后507。卒于陈至德元年。西后583。由此知此首《白鹄行》，先为语句不齐之歌，至徐陵选《玉台》时，则渐变为纯粹五言矣。由此知乐府歌行，多社会产物，先有雏形，然后迭经修改，成功现在之况。由此知其中通篇五言之歌，每非原为五言，而为五言盛行之后，渐次修改而成者。胡适之不知前一首始见《宋志》，只据《乐府诗集》，遂以后一首先于前一首，谓："故从汉乐府到郭茂倩，这歌辞虽有许多改动，而'母题'始终不变。"《白话文学史》第七章。遂成为渐修改而渐不完美之现象，而文学演化之过程，益纷乱不可理矣。

《乐府诗集》引《古今乐录》曰："王僧虔《技录》云：《艳歌何尝行》，歌文帝《何尝古白鹄》二篇。"而所列则只有此篇与魏文帝"何尝快，独无忧"一篇，言："二曲晋乐所奏。"此篇首句适曰"飞来双白鹄"。《文帝集》中又无《古白鹄》之篇。则此是否文帝作，颇难臆定。然《铙歌》中有文帝《临高台》一首，词曰：

> 临台行高高以轩，下有水清且寒。中有黄鹄，往且翻。行为臣，当尽忠。愿令皇帝陛下三千岁，宜居此宫。鹄欲南飞，雌不能随。我欲躬衔汝，口噤不能开。欲负之，毛衣摧颓。五里一顾，六里徘徊。

后一段与《艳歌何尝行》，大同小异。胡适之谓文帝采《艳歌何尝行》，改为长短句，作为新乐府《临高台》的一部分。冯惟讷《诗纪》谓文帝曲"三段辞不相属。'鹄欲南游'以下，乃古辞《飞鹄行》也"（魏卷之二）。今案《临高台》初本汉曲，其词甚短，见前。文帝按谱制词，似亦不宜过长。余是以颇疑"鹄欲南飞"以下，乃古辞错附；但无古证，未敢主张。约之，文帝此歌末段，与《宋志》《玉台》所载，皆由同一母题，胡氏之言固不谬，其谬在混乱嬗变之迹耳。

此外若《郊祀歌》中之《灵芝歌》，《乐府诗集》卷一。《相和曲》中之《乌生八九子》，《宋志》三。《吟叹曲》中之《王子乔》，《乐府诗集》卷二十九。《大曲中》之《满歌行》，《宋志》三。《杂曲》中之《蝶蝶行》，《乐府诗集》卷六十一。《前缓歌行》，《乐府诗集》卷六十五。等等，不一一征引矣。

（二）五言者 五言乐府，可以确考年代者甚少；旧题有作者数首，兹先列举于下，而略为剔辨：

（1）卓文君《白头吟》《楚调》。 此首非卓文君作，已详《歌谣编》。

（2）班婕妤《怨歌行》《楚调》。 词见《乐府诗集》卷四十二：

> 新裂齐纨素，鲜洁如霜雪。
> 裁为合欢扇，团团似明月。
> 出入君怀袖，动摇微风发。
> 常恐秋节至，凉飙夺炎热。
> 弃捐箧笥中，恩情中道绝。

以此篇为班婕妤作，盖始于《文选》，《玉台新咏》因之，并为《小序》曰："昔汉成帝班婕妤失宠，供养于长信宫，乃作赋以自伤悼，并为《怨诗》一首。"考《汉书·外戚传》只言作赋，并载赋之全文，而无作《怨诗》之言，故自刘勰已疑之，谓："至成帝品录,三百余篇,而辞人遗翰,莫见五言,所以李陵班婕好见疑于后代也。"《文心雕龙·明诗》。严羽《沧浪诗话》曰:"班婕好《怨歌行》,《乐府》以为颜延年作,颇似之。"近徐君中舒以团扇产生时代,定此歌为时甚晚,谓严羽引《乐府》之言,当为可信。徐君《五言诗发生时代的讨论》。今案,论其作风,不似西汉醇朴之习,论其表德,不类班姬贞静之态,故余作《五言诗起源说评录》即已明辨之也。

(3)张衡《同声歌》《新曲》。 词见《乐府诗集》卷七十六:

> 邂逅承际会,得充君后房。
> 情好新交接,恐栗若探汤。
> 不才勉自竭,贱妾职所当。
> 绸缪主中馈,奉礼助蒸尝。
> 思为莞蒻席,在下蔽匡床。
> 愿为罗衾帱,在上卫风霜。
> 洒扫清枕席,鞮芬以狄香。
> 重户结金扃,高下华灯光。
> 衣解巾粉卸,列图陈枕张。
> 素女为我师,仪态盈万方。
> 众夫希所见,天老教轩皇。
> 乐莫斯夜乐,没齿焉可忘。

此篇自《玉台》即著之,吾侪既无法否认,且以文学系统论,张衡时代,有产生此种完美五言诗歌之可能,则五言乐府之有时代可考者,当首推此篇矣。据《后汉书·张衡传》,和帝永元中举孝廉,不行。又载安帝永初中,刘珍等著作东观请衡参论其事。则衡之年代,约在章、和、殇、安时矣。考《宋志》四载汉《鼙舞歌》五篇,其辞虽佚,其名尚在,中有三首为五字:一曰《关东有贤女》,二曰《章和二年中》,三曰《殿前生桂树》。古乐府多以首句为题,则三篇虽不敢决定为通篇五言,然似有为五言之可能。章和为章帝元号，似为章帝时作。果尔，则章和之时，已有五言乐府。稍前班固《咏史》，虽质木无文，而亦为五言，其演进之序，尚可循求而知也。

（4）繁钦《定情诗》《杂曲》。词亦见《乐府诗集》卷七十六：

> 我出东门游，邂逅承清尘。
> 思君即幽房，侍寝执衣巾。
> 时无桑中契，迫此路侧人。
> 我既媚君姿，君亦悦我颜。
> 何以致拳拳？绾臂双金环。
> 何以致殷勤？约指一双银。
> 何以致区区？耳中双明珠。
> 何以致叩叩？香囊系肘后。
> 何以致契阔？绕腕双跳脱。
> 何以结恩情？美玉缀罗缨。
> 何以结中心？素缕连双针。
> 何以结相于？金薄画搔头。
> 何以慰别离？耳后玳瑁钗。
> 何以答欢忻？执素三条裙。
> 何以结愁悲？白绢双中衣。
> 与我期何所？乃期东山隅。
> 日旰兮不至，谷风吹我襦。
> 远望无所见，涕泣起踟蹰。
> 与我期何所？乃期山南阳。
> 日中兮不来，飘风咬我裳。
> 逍遥莫谁睹，望君愁我肠。
> 与我期何所？乃期西山侧。
> 日夕兮不来，踯躅长叹息。
> 远望凉风至，俯仰正衣服。
> 与我期何所？乃期山北岑。
> 日暮兮不来，凄风吹我襟。

> 望君不能坐，悲苦愁我心。
>
> 爱身以何为，惜我华色时。
>
> 中情既款款，然后克密期。
>
> 褰衣蹑茂草，谓君不我欺。
>
> 厕此丑陋质，徒倚无所之。
>
> 自伤失所欲，泪下如连丝！

此篇亦著于《玉台新咏》，委宛尽致，真所谓纡徐为妍者也。《魏志》二十二注引《魏略》曰："钦，字休伯。以文才机辩少得名于汝颖间。既长于书记，又善为诗赋，其所与太子书记，喉转意率皆巧丽。为丞相主簿。建安二十三年卒。"

则时至汉末魏初矣。又有有作者姓名，而时代失考者二篇：

（5）辛延年《羽林郎》《杂曲》。 词见《乐府诗集》卷六十三：

> 昔有霍原作鬟，依《玉台》改。家奴，姓冯名子都。
>
> 依倚将军势，调笑酒家胡。
>
> 胡姬年十五，春日独当垆。
>
> 长裾连理带，广袖合欢襦。
>
> 头上蓝田玉，耳后大秦珠。
>
> 两鬟原作霍，依《玉台》改。何窈窕，一世良所无。
>
> 一鬟五百万，两鬟千万余。
>
> 不意金吾子，娉婷过我庐。
>
> 银鞍何煜爚，翠盖空踟蹰。
>
> 就我求清酒，丝绳提玉壶。
>
> 就我求珍肴，金盘脍鲤鱼。
>
> 贻我青铜镜，结我红罗裾。
>
> 不惜红罗裂，何论轻贱躯？
>
> 男儿爱后妇，女子重前夫。
>
> 人生有新故，贵贱不相逾。
>
> 多谢金吾子，私爱徒区区。

（6）宋子侯《董娇饶》《杂曲》。　词见《乐府诗集》卷
七十三：

> 洛阳城东路，桃李生路傍。
> 花花自相对，叶叶自相当。
> 春风东北起，花叶正低昂。
> 不知谁家子，提笼行采桑。
> 纤手折其枝，花落何飘飏！
> 请谢彼姝子，何为见损伤？
> 高秋八九月，白露变为霜。
> 终年会飘堕，安得久馨香？
> 秋时自零落，春月复芬芳。
> 何如诸本作时，今从《艺文类聚》。盛年去，欢爱永相忘。
> 吾欲竟此曲，此曲愁人肠。
> 归来酌美酒，挟琴上高堂。

二篇亦著于《玉台新咏》，梁任公先生曰："辛诗言'大秦珠'，当
在安敦通使之后。宋诗言'洛阳城'，当在迁邺以前。"《美文史》。

　　卓、班两篇，既不可据，则五言乐府似产生在东汉章和时
代。虽然，《乐府诗集》每多误收徒诗，明梅鼎祚《古乐苑》已
经言之；而《杂曲》之中，误收者似乎独多。郭氏自言："《杂
曲》者，历代有之，或心志之所存，或情思之所感，或宴游欢乐
之所发，或忧愁愤怨之所兴，或叙离别悲伤之怀，或言征战行
役之苦，或缘于佛老，或出于夷虏，兼收备载，故总谓之《杂
曲》。"则"驱龙蛇而放之菹"，其非乐府而郭氏误收者，盖不知
凡几？如《古诗为焦仲卿妻作》，疑从未入乐也。张繁二篇，虽
吴兢已经收入，然吴兢唐人，为时甚晚，《玉台新咏》不言为乐
府。辛、宋两篇，吴兢不录，更无古据。则四篇者，是否乐府，
未易不凭实证，仅以作风定也。但既皆为五言，而《鞞舞》有

"章和二年中"三首，则自章和以来，确有产生五言乐府之可能，而未著作者之五言古辞，谅为此时之作矣。兹择录数首于下：

（7）《艳歌罗敷行》《相和曲》。 一名《陌上桑》。《古今注》曰："《陌上桑》，出秦氏女子。秦氏，邯郸人，有女名罗敷，为邑人千乘王仁妻。王仁后为越王家令。罗敷出采桑于陌上，越王登台见而悦之，因引酒欲夺焉。罗敷乃弹筝作《陌上桑歌》以自明焉。"吴兢曰："按其歌词，称罗敷采桑陌上，为使君所邀，罗敷盛夸其夫为侍中郎以拒之，与旧说不同。"今案此与《羽林郎》《董娇饶》皆艳丽之故事诗，盖社会有此等传说，而好事文人，遂剪裁点缀以入诗也。词载《宋志》三：

> 日出东南隅，照我秦氏楼。
> 秦氏有好女，自名为罗敷。
> 罗敷喜蚕桑，一本作善采桑，较微妙。采桑城南隅。
> 青丝为笼系，桂枝为笼钩。
> 头上倭堕髻，耳中明月珠。
> 湘绮为下裙，紫绮为上襦。
> 行者见罗敷，下担捋髭须。
> 少年见罗敷，脱帽著帩头。
> 耕者忘其犁，锄者忘其锄。
> 来归相怨怒，但坐观罗敷。

以上第一解言罗敷之美，妙在写见罗敷者，为其美所摄取，搔耳抓腮，坐立不定：及神情稍静，始知己事久废，而互相戏怨曰："但坐观罗敷！"姿态横生，真是笔飞色舞。第二解叙使君欲邀取共载：

> 使君从南来，五马立踟蹰，《乐府诗集》卷二十八作踟蹰。
> 使君遣吏往，问是谁家姝？"秦氏有好女，自名为罗

敷。""罗敷年几何？""二十尚不足，十五颇有余。"使君谢罗
敷，"宁可共载不？"罗敷前致辞："使君一何愚？使君自有妇，
罗敷自有夫。"

第三解盛夸其夫以拒使君之求：

> 东方千余骑，夫婿居上头。
> 何用识夫婿？白马从骊驹。
> 青丝系马尾，黄金络马头。
> 腰中鹿卢剑，可值千万余。
> 十五府小吏，二十朝大夫，
> 三十侍中郎，四十专城居。
> 为人洁白皙，鬑鬑颇有须。
> 盈盈公府步，冉冉府中趋。
> 坐中数千人，皆言夫婿殊。

（8）《长歌行》《四弦曲》。　词见《乐府诗集》卷三十：

> 青青园中葵，朝露待日晞。
> 阳春布德泽，万物生光辉。
> 常恐秋风至，焜黄华叶衰。
> 百川东到海，何时复西归？
> 少壮不努力，老大徒悲伤。

吴兢曰："曹魏改奏文帝所赋《西山一何高》。"则此为汉代所奏
可知，而其时代似较早，然决非西汉之产也。

（9）《鸡鸣高树颠》：《相和歌》。

> 鸡鸣高树颠，狗吠深宫中。
> 荡子何所之？天下方太平。
> 刑法非有贷，柔协正乱名。
> 黄金为君门，璧玉为轩阑疑衍一轩或阑字。堂。

上有双樽酒，作使邯郸倡。

刘玉碧青甍，后出郭门王。

舍后有方池，池中双鸳鸯。

鸳鸯七十二，罗列自成行。

鸣声何啾啾，闻我殿东厢。

兄弟四五人，皆为侍中郎。

五日一时来，观者满路旁。

黄金络马头，颎颎何煌煌？

桃生露井上，李树生桃傍。

虫来啮桃根，李树代桃僵。

树木身相代，兄弟还相忘！

《玉台新咏》卷一有《相逢狭路间》一首，题为《古乐府诗》。《乐府古题要解》下亦著《相逢狭路间行》，注云："亦曰《长安有狭斜行》。"《乐府诗集》卷三十四著《相逢行》，言："一曰《相逢狭路间行》，亦曰《长安有狭斜行》。"而于卷三十五又著《长安有狭斜行》，并题古辞。余疑与此同一母题（motif）不过写法稍异耳，兹亦录下。

《相逢狭路间行》之词曰：

相逢狭路间，道隘不容车。

如何两少年，挟毂问君家。

君家诚易知，易知复难忘。

黄金为君门，白玉为君堂。

堂上置樽酒，使作邯郸倡。

中庭生桂树，华烛何煌煌。

兄弟两三人，中子为侍郎。

五日一来归，道上自生光。

黄金络马头，观者满路傍。

入门时左顾，但见双鸳鸯。

鸳鸯七十二，罗列自成行。

声音何噰噰，鹤鸣东西厢。
大妇织罗绮，中妇织流黄。
小妇无所作，挟瑟上高堂。
大人且安坐，调丝未遽央。依《玉台》。《乐府诗集》字句间小有异同。

《长安有狭斜行》之词曰：

长安有狭斜，狭斜不容车。
适逢两少年，挟毂问君家。
君家新市傍，易知复难忘。
大子二千石，中子孝廉郎。
小子无官职，衣冠仕洛阳。
三子俱入室，室中自生光。
大妇织绮纻，一作罗。中妇织流黄。
小妇无所为，挟琴上高堂。
大夫且徐徐，调弦讵未央。

二篇虽不见《宋志》，然《乐略清调》六曲，载“《相逢狭路间行》，亦曰《长安有狭斜行》，亦曰《相逢行》”。言为“王僧虔《技录清调》六曲也”。王僧虔，刘宋时人，前于《宋书》作者沈约，则其来已久。与《鸡鸣高树颠》词旨略同，当为同一母题。但孰为母题，孰为孳乳，则颇难论定。盖街陌讴谣，每有数处之产大同小异者。请诸君祛贵远贱近之习，举现在歌谣以明之。据《平民文学丛书·歌谣第一集》河北有童谣曰：

年来了，是冤家：儿要帽子，女要花，媳妇要褂子走娘家，妈妈要香烛祭菩萨，婆婆要糯米踹糍粑。

据各省《童谣集》，则湖北武昌亦有略同者一首：

> 年来了，是冤家：儿要帽，女要花，媳妇要勒子走人家，婆婆要糯米做糍巴，爸爸要肉敬菩萨，一屋大小都吃他。

浙江奉化亦有一首：

> 新年来到，糖糕祭灶。姑娘要花，小子要炮，老头子要戴新呢帽，老婆子要吃大花糕。

三首大体相同，必为同一母题，但孰先孰后，则不能确考。常以为讴谣乃风俗语言之产物，各地风俗语言大同小异，故亦每每产生大同小异之讴谣，古今一也。

（10）《陇西行》《瑟调曲》。《乐府古题要解》曰："《步出夏一作东字。门行》，亦曰《陇西行》。"《乐略》亦云，言本王僧虔《技录》。是则虽《宋志》不著，而其来久矣。《乐府诗集》卷三十七著《陇西行》，言"一曰《步出夏门行》"，而又别著《步出东门行》，其词相袭者甚多。据《乐府诗集》，《陇西行》词曰：

> 天上何所有，历历种白榆。
> 桂树夹道生，青陇对道隅。
> 凤凰鸣啾啾，一母将九雏。
> 顾视世间人，为乐甚独殊。
> 好妇出迎客，颜色正敷愉。
> 伸腰再拜跪，问客平安不？
> 请客北堂上，坐客毡氍毹。
> 清白各异樽，酒上正华疏。
> 酌酒持与客，客言主人持。
> 却略再拜跪，然后持一杯。
> 谈笑未及竟，左顾敕中厨。
> 促令办粗食，慎莫使稽留。
> 废礼送客出，盈盈府中趋。

> 送客亦不远，足不过门枢。
> 娶妇得如此，齐姜亦不如。
> 健妇持门户，胜一大丈夫。

《步出夏门行》词曰：

> 邪径过空庐，好人常独居。
> 卒得神仙道，上与天相扶。
> 过谒王父母，乃在太山隅。
> 离天四五里，道逢赤松俱。
> 揽辔为我御，将吾上天游。
> 天上何所有，历历种白榆，
> 桂树夹道生，青龙对伏趺。

"天上何所有"数句，在第二首衔接有意义，在第一首则毫无关系，故疑第一首视第二首时代较晚。歌谣中每用不相干之数语衬起，古人所谓"兴"也。如《歌谣编》所引《鄘风》《桑中篇》，所咏本为与恋人期会，而一章之首，则曰："爰采唐矣，沬之乡矣。"二章之首，则曰："爰采麦矣，沬之北矣。"三章之首，则曰："爰采葑矣，沬之东矣。"与所咏毫不相关。注疏家自有牵强附会之说。再如现在扬州有一首童谣曰：

> 芭蕉扇，节打节，娶个老婆黑锅铁。
> 人人说我老婆黑，我说老婆紫檀色。
> 人人教我休了罢，隔割心隔割胆舍不得。
>
> ——见《童谣大观》

"芭蕉扇"二句，与篇旨毫不相关。盖此等或因所见，或因所持以起兴，或竟并无他因，只为声音韵美。且篇中亦每意随韵转，绝不加以限制。以深思大义绳之，丝毫无可取；但此乃真天地自然之文也。

（11）《折杨柳行》《瑟调曲》。 词见《宋志》三：

> 默默施行违，厥罚随事来。
> 末喜杀龙逄，桀放于鸣条。一解。
> 祖伊言不用，纣头悬白旄。
> 指鹿用为马，胡亥以丧躯。二解。
> 夫差临命绝，乃云负子胥。
> 戎王纳女乐，以亡其由余。
> 璧马祸及虢，二国俱为墟。三解。
> 三夫成市虎，慈母投杼趋。
> 卞和之刖足，接予《乐府诗集》作舆。归草庐。四解。

汉末乐府多伤乱离，或叙风情，此独歌咏历史，别树一格。

（12）《饮马长城窟行》《瑟调曲》。《文选》作古辞，《玉台》作《蔡邕》。词曰：

> 青青河畔草，绵绵思远道。
> 远道不可思，宿昔梦见之。
> 梦见在我傍，忽觉在他乡。
> 他乡各异县，展转不相见。
> 枯桑知天风，海水知天寒。
> 入门各自媚，谁肯相为言。
> 客从远方来，遗我双鲤鱼。
> 呼童烹鲤鱼，中有尺素书。
> 长跪读素书，书中竟何如？
> 上言加餐食，下言长相忆。

（13）《上留田行》《瑟调》。《古今注》曰："上留田，地名也。其人有父母死，兄不字其孤者，邻人为其弟作悲歌以讽其兄，故曰《上留田》。"《乐府诗集》不正载古辞，只附于叙魏文帝词下：词见卷三十八。

里中有啼儿，似类亲父子。

回车问啼儿，慷慨不可止。

言短音促，令人不忍卒读。以格调而论，似产生时期较早。

（14）《艳歌何尝行》《瑟调曲》。　词见《乐府诗集》卷三十九，有二首，今录第一首：

翩翩堂前燕，冬藏夏来见。

兄弟两三人，流宕在他县。

故衣谁当补？新衣谁当绽？

赖得贤主人，览取为吾绽。

夫婿从门来，斜柯西北眄。

语卿且勿眄，水清石自见。

石见何累累，远行不如归。

末段将客及夫妇三人之心情状态，活活表现纸上。

（15）《枯鱼过河泣》《杂曲》。　词见《乐府诗集》卷七十四：

枯鱼过河泣，何时悔复及。

作书与鲂鱮，相教慎出入。

以风格论，似乎较早。

此外《平调曲》有《君子行》，《楚调曲》有《怨诗行》……不备引。《杂曲》中有《驱车上东门》《冉冉孤生竹》，即世所谓《古诗十九首》中之二首；又有《古诗为焦仲卿妻作》，疑其根本未尝入乐。以《杂曲》漫无界划，自可乱采以侈其富，拟俟《诗编》论次。

五言乐府，有年代可考者，最早在章和之间；并非五言者，则自西汉之初，已有著录。则此等完美之五言乐府，盖在章和以后，最远不能超过东汉。而妄者每据《宋志》"乐府古辞，并汉世讴谣"之言，谓此等乐府，生于西汉，或竟谓有武帝乐府所录者，范文澜《文心雕龙讲疏》即主此说。斯亦好古过甚之咎欤？

（三）疑非汉歌者　冯舒《诗纪匡谬》曰："古之云者，时世不定之辞也。……概归之汉，所谓无稽之言，君子弗听矣。"今案《宋志》明谓"乐府古辞，并汉世讴谣"，冯氏之言，似未尽察。然郑樵《乐略》、郭茂情《乐府诗集》所载古辞，几倍《宋志》，而后人每援《宋志》之言，认为汉世之歌，以甲例用于乙书，乌能尽当？《木兰诗》，吾侪知出于唐初，而《乐府诗集》亦题曰古辞，则冯氏谓"时世不定之辞"，不为无据。且《宋志》之著作，去汉已远，亦难必其不无失考。故特辟疑非汉歌一类，以疏通而明辩之。

（1）《东光乎》《相和歌》。《宋志》作《东光平》，《乐略》及《乐府诗集》（卷二十七）作《东光》。其词曰：

> 东光乎仓梧，何不乎仓梧。二句不甚可解。多腐粟，无益诸军粮。诸军游荡，子早行，多悲伤。

《乐府诗集》引《古今乐录》曰："张永《元嘉技录》云：'《东光》，旧但有弦，无音，宋识造其歌声。'"有弦无音，盖即无辞，如诗经之六笙诗者然。再考《乐略》列此为《相和》三十曲之末一曲，言："始十七曲，魏晋之世，朱生、宋识、列和等，复为十三曲。"与《张录》比观，此曲似在魏晋十三曲之中，而歌辞似亦非汉世矣。不唯此歌，《相和》三十曲中，非汉世者，知有十三曲，惜无从考其为何曲焉。

（2）《西门行》《瑟调曲》。　词见《宋志》：

> 出西门，步念之。今日不作乐，当待何时？一解。
> 夫为乐，为乐当及时，何能坐愁怫郁，当复待来兹？二解。
> 饮醇酒，炙肥牛。请呼心所欢，可用解愁忧。三解。
> 人生不满百，常怀千岁忧。昼短而夜长，何不秉烛游？四解。

自非仙人王子乔，计会寿命难与期。自非仙人王子乔，计会寿命难与期。五解。原不书叠句，而每字下注一"二"字。

人寿非金石，年命安可期？贪材爱惜费，但为后世嗤。六解。

此见于《宋志》，《乐府诗集》又注为"晋乐所奏"。卷三十七。似毫无问题，余所以疑其晚出者：

①《乐府诗集》引《古今乐录》曰："王僧虔《技录》云：《西门行》歌《古西门》一篇，今不传。"王僧虔，于宋文帝时为太子舍人，旋迁尚书令。沈约生于文帝元嘉十八年，王僧虔时已不传，沈约乌从著之？

②《乐志》所载，盖非《古西门》，乃后人撰古诗缘附题意以成者。《文选·古诗十九首》之第十五首曰：

生年不满百，常怀千岁忧。
昼短苦夜长，何不秉烛游？
为乐当及时，何能待来兹？
愚者爱惜费，但为后世嗤。
仙人王子乔，难可与等期。

此篇与之从同，而字句稍增，当为取之而略加附益，以使似《乐府》歌行耳。而朱彝尊《玉台新咏序》反以诗乃裁剪此篇以成者，误矣。

③《乐府诗集》载此曲本辞，首数句为：

出西门，步念之。今日不作乐，当待何时？逮为乐，逮为乐，当及时。

乐府所奏多叠句以赴节，如第一章所引《苦寒行》《塘上行》皆然。本辞叠句者极少，此何以独叠"逮为乐"一句？盖以恐全同古诗，故使叠句以示有别；本只作一篇，略稍变动以为本辞，尚未加刊落耳。

（3）《伤歌行》《杂曲》。 词见《乐府诗集》卷六十二：

> 昭昭素明月，辉光烛我床。
> 忧人不能寐，耿耿夜何长！
> 微风吹闺闼，罗帷自飘扬。
> 揽衣曳长带，屣履下高堂。
> 东西安所之？徘徊以彷徨。
> 春鸟翻一作向。南飞，翩翩独翱翔。
> 悲声命俦匹，哀鸣伤我肠。
> 感物怀所思，泣涕忽沾裳。
> 伫立吐高吟，舒愤诉穹苍。

余谛视此首，觉其绮靡哀思，不似汉人之作。检《古诗纪》汉卷之七。果曰："《外篇》作魏明帝。"《外篇》不知何如书，约之，此篇有魏明帝作之说，与作风不类汉人相合。古诗及乐府有两种似相反，而确为事实之现象：一、无名氏古辞每嫁名汉人。二、魏晋六代之作每误为古辞。由误为古辞，又每嫁名汉人。如《白头吟》本古辞，而后人以为卓文君作。《河梁赠别诗》，不知作者姓名，而后人以为苏武李陵作。《怨歌行》本颜延年作，而后人误以为古辞，又误以为班婕妤作。第一章所引《塘上行》，《乐府古题要解》曰："前志云：晋乐奏魏武帝《蒲生篇》，而诸集皆言其词文帝甄后所作，叹以谗诉见弃，犹幸得新好，不遗故恶焉。"《歌录》亦曰："或云甄皇后造。"而又曰："《塘上行》古辞。"则有以此篇为古辞者矣。再如前所引《苦寒行》，《乐府古题要解》曰："晋乐奏魏武帝《北上太行》，备言冰雪骆谷之苦。"《古诗纪》亦系于魏武，而注曰："《艺文》《乐府》并作魏文帝。"考《乐府诗集》题魏文帝，而全录《乐府古题要解》之言。审其表德，卓绝坚苦，诚如《诗品》称"曹公武帝。古直，甚有悲凉之句"，不似文帝之"美赡可玩"。亦《诗品》语。无论如何，此乃曹氏之歌。而郑樵《乐略》于《苦寒行》下，注云："晋乐奏古辞云：'北上太行山……'"云云，备载全篇，即魏武之歌。再如《平调曲》有《君子行》，《文选》二十七、《乐府诗集》三十二均作古辞。而《艺文类聚》四十二引作曹植作，《古诗纪》亦注云："《曹子建集》亦载此首。"

推原其故，盖偶或失名，或为甲为乙，不能断定，即题为古辞。故郑、郭晚出，而所录古辞视沈氏几增一倍。著录之人，亦未必尽以为两汉之歌，而后人每据宋志古辞并汉世讴谣之词，妄推为汉时耳。

至古辞或失名之作嫁名汉人者，则以歌词所咏为某人，或事类某人，遂谓为某人之作。所以《白头吟》嫁名卓文君，《怨歌行》嫁名班姬，《河梁诗》嫁名苏李。魏晋六代最喜咏古事以寄意，尤以明妃和番，细君乌孙公主。远嫁，李陵降北，苏武留胡，项羽失败英雄，幸有虞姬之知己，婕好色衰爱弛，遂终供养于长门，千古遗恨，最宜入诗，故诸人集中，皆迭见不一见。传诵钞刻，偶遗主名，遂每以被咏之人，认为作诗之士。亦犹先秦诸子，每以书中称道某人，即题为某人之书耳。如《乐府诗集·相和歌》有《王明君》一首、《王昭君》二十九首、《明君词》六首、《昭君词》七首、《昭君叹》二首；又有《班婕好》十三首、《婕好怨》九首；此一或失名，即易认为昭君班姬自作。即如《王昭君》一首，发端即曰："我本汉家子，将适单于庭。"通篇皆代昭君自序。而题下并未注明作者，唯于小序中引《古今乐录》曰："《明君歌舞》者，晋太康中季伦石崇。所作也。"读者一或粗心，最易以为明君自述之词。再有选家，按其歌词，制为小序，谓明君如何远嫁单于，如何悲惨，如何自伤而作诗云云，则由非成是，为千古定案，沿误传谬，无有能为之举正者。即有举正者，而世人亦必据由非成是之说，祇其好作聪明，妄立异说。由此知治古代学术，不能不以锐敏眼光，科学方法，察详而慎审之也。

（4）王嫱《昭君怨》旧人《琴曲》。 词见《乐府诗集》卷五十九：

> 秋木萋萋，其叶萋黄。有鸟处山，集于苞桑。
> 养育毛羽，形容生光。既得行云，上游曲房。
> 离宫绝旷，身体摧藏。志念没沉，不得颉颃。
> 虽得委禽，心有徊惶。我独伊何，来往变常。
> 翩翩之燕，远集西羌。高山峨峨，河水泱泱。
> 父兮母兮，道里悠长。呜呼哀哉，忧心恻伤。

考此歌始见《琴操》，作《怨旷思惟歌》。《琴操》之为伪书，《歌谣编》已详论之。然《乐府古题要解》载："一说……汉人怜昭君远嫁，为作歌行。始武帝以江都王建女细君为公主，嫁乌孙王昆莫，令琴瑟马上作乐，以慰其道路之思。其送明君亦然。"则疑《琴操》之说，而不以为嫱作也。《乐府诗集》直题王嫱，《古诗纪》更曰："昭君在胡，作诗以怨思云。"而皆不言本之《琴操》，则后人虽知《琴操》不可信者，亦以此诗真出王嫱矣。

（5）蔡琰《胡笳十八拍》旧入《琴曲》。 词见《乐府诗集》卷五十九。兹录第一、第十两拍：

> 我生之初尚无为，我生之后汉祚衰。天不仁兮降乱离，地不仁兮使我逢此时。干戈日寻兮道路危，民卒流亡兮共哀悲。烟尘蔽野兮胡虏盛，志意乖兮节义亏。对殊俗兮非我宜，遭恶辱兮当告谁？笳一会兮琴一拍，心愤怨兮无人知。
>
> ——《第一拍》

> 城头烽火不曾灭，疆场战征何时歇。杀气朝朝冲塞门，胡风夜夜吹边月。故乡隔兮音尘绝，哭无声兮气将咽。一生辛苦兮缘别离，十拍悲深兮泪成血！
>
> ——《第十拍》

琰，字文姬，蔡邕女。兴平献帝二元。中，没入匈奴左贤王，在胡中十二年，生二子。曹操以金璧赎归，改嫁董祀。《后汉书·列女传》载琰有悲愤诗。此《十八拍》者，盖后人缘《悲愤诗》以依托者。《乐府诗集》引唐刘商《胡笳曲序》曰："蔡文姬善琴，能为《离鸾别鹤》之操。胡虏犯中原，为胡人所掠，入番为王后，王甚重之。武帝与邕有旧，敕大将军赎以归汉。胡人思慕文姬，乃卷芦叶为吹笳，奏哀怨之音。后董生以琴写胡笳声为十八拍，今之胡笳弄是也。"今案刘商，唐大历代宗四元。进士，自己亦有《胡笳十八拍》。余疑所谓《文姬十八拍》者，亦出商手，亦如韦元甫自作《木兰诗》，而言得于民间，自己又拟作一首，俟叙梁乐府时详论。其伎俩全同。何以言之？

①于古无征，始出刘商，得自何所，见之何书，毫无来历，非自己向壁虚造而何？

②第十拍为歌行，而酷类律诗，所以胡适之疑为唐人作品也。《白话文学史》第六章。

③《乐府诗集》引李肇《国史补》曰："唐有董庭兰善沈声祝声，盖大小胡笳云。"则所谓胡笳者，始出唐人歌辞可知矣。

有此三证，知其盖出刘商之手。即退一步言，信从刘商之说，亦未以为文姬所作。其序明言"后董生以琴写胡笳声为十八拍"，则刘氏以《十八拍》作于董生。董生为何人不可知，然以《国史补》之言参之，似即董庭兰。再退一步言，其序有曰："胡人思慕文姬，乃卷芦叶为吹笳，奏哀怨之音。"此《十八拍》即其所奏。无论如何，《十八拍》至刘商传出，刘商未以为文姬作。其叙文姬曰："善琴，能为《离鸾别鹤》之操。"《离鸾别鹤》之操，固非《十八拍》。且系于"为胡人所掠"之前，而此《十八拍》者乃历叙其没于胡虏，又复归于汉，其性质与内涵，截然不同。郭氏不察，遽题蔡琰二字，而后人遂以为文姬自作，谬矣。

（6）《乐府诗集·杂曲》中尚有题古辞者三首，皆一望而知非汉人之作。郭氏自言"《杂曲》者，历代有之"，则亦未必以此三首为出于汉人。然既题为古辞，则易于使人误以为汉歌；且其歌辞甚美，确有论述价值；所以藉此列而辩之。见于卷六十八者一首，曰《东飞伯劳歌》：

> 东飞伯劳西飞燕，黄姑织女时相见。
> 谁家女儿对门居，开颜发艳照里闾：
> 南窗北牖挂明光，罗帷绮帐脂粉香。
> 女儿年几十五六，窈窕无双颜如玉。
> 三春已暮花从风，空留可怜与谁同？

见于卷七十二者有两首，一《西洲曲》：

> 忆梅下西洲，折梅寄江北。
> 单衫杏子红，双鬓鸦雏色。
> 西洲在何处？两桨桥头渡。
> 日暮伯劳飞，风吹乌臼树。
> 树下即门前，门中露翠钿。
> 开门郎不至，出门采红莲。
> 采莲南塘秋，莲花过人头。
> 低头弄莲子，莲子清如水。
> 置莲怀袖中，莲心彻底红。
> 忆郎郎不至，仰首望飞鸿。
> 鸿飞满西洲，望郎上青楼。
> 楼高望不见，尽日栏干头。
> 栏干十二曲，垂手明如玉。
> 卷帘天自高，海水摇空绿。
> 海水梦悠悠，君愁我亦愁。
> 南风知我意，吹梦到西洲。

一《长干曲》：

逆浪故相邀，菱舟不怕摇。
妾家扬子住，便弄广陵潮。

三首作风格调，绮靡秀丽。以历代文学变迁之情形视之，知必出齐梁六代，非汉人所作。检《文苑英华》，《东飞伯劳歌》属梁武帝，《玉台新咏》，《西洲曲》属江淹，唯《长干曲》无考。然汉虽有广陵国，而称道者甚少，不见有人诗歌者。扬子之名，更为汉所未有，唐代于扬子津渡江抵京口，后遂置扬子县。今仪征县。扬子津有扬子桥，唐代甚显豁，未知始于何时，然两汉之书，未曾一见。崔颢亦有《长干曲》四首，李白有《长干行》二首，张潮有《长干行》一首，崔国辅有《小长干曲》一首，皆唐时人。暗示余等此首亦有唐时嫌疑。然《晋书·桓元玄传》有"长干巷，巷长干"之童谣，见《歌谣编》第六章。诸歌与此，似不无关系，则亦或出于六代。要之，必非汉讴。

考订思想或文艺之真伪及年代，方法虽多，大别有二：一曰证据，一曰直观。证据固可铸成定谳，直观尤能使伪者无所隐逃。盖一时代有一时代之学术思想，一时代有一时代之文艺风格，即有意作伪，力摹古人，其时代色彩，亦不能尽去。故熟于学艺流变者，可一望而知。犹之书画家之于书画，金石家之于金石，全凭直观，亦可定其年代而不误。故兹三首者，即无佐证，亦知其生于六代隋唐也。

三　汉代乐府源流变迁表

汉代为乐府之创作时期，作者多无名平民。其源流变迁，根据以上所述，可制表如下：

（一）形式
方面

（1）西汉多杂言、三言、四言者；四言者，略似《诗骚》。

原因：西汉上承周秦，故多效法《诗骚》之诗歌。

（2）东汉语句逐渐整齐，成功五言体。

原因：至东汉，一班人对《诗骚》体逐渐因旧生厌，故别创五言体。

（3）自西汉之初，以至东汉之末，词句方面，逐渐由质朴进于华美。

原因：以汉代崇质，而至末年则逐渐招反动，走入浮华也。

（二）内容
方面

（1）平民所作，多歌咏社会问题。

原因：平民生长民间，目击经济之压迫，社会之刺激，故每对社会上奇异而难以解决的问题，发为热烈的、同情的歌唱。

（2）文人所作，多歌咏男女风情。

原因：文人无经济之压迫，有闲暇之幽情，故多游戏或驰情之情恋文学。

第三章

魏晋乐府

乐府之盛，莫盛于建安前后。_{东汉之末至曹魏之初。}故若完全以乐府为立场，分析篇章，宜以建安前后为全盛时期；西汉以至东汉之初，为发生时期；建安以降，为摹仿时期；隋唐为分化时期；后此即衰落矣。今兹之编，系以中国全部文学为立场，乐府不过为全部文学之一部分耳。若各个局部文学，皆就其本身分期，于其本身之原委，虽易于明了，于全部文学，则难于究悉。故今各个局部文学，皆使同一分期。对本身虽有迁就之嫌，于全部文学则易于了解，俾读者不惟得局部的纵的观念，且得全部的纵的观念；不惟得全部的纵的观念，且得全部的横的观念。

一 魏_{附吴蜀}

汉末以至魏晋六代，为五言诗歌乐章之全盛时代。《诗品》曰："降及建安，曹公父子，笃好斯文；平原兄弟，郁为文栋；刘桢王粲，为其羽翼；次有攀龙托凤，自致于属车者，盖将百计，彬彬之盛，大备于时矣。"

乐府至曹氏父子时代，有五种现象：亦可谓之变化。

（1）篇幅稍长。前此乐府，除繁钦《定情诗》外，每篇只数十字，长者不过百余字；二百字以上之作，殊不多觏。繁钦卒于建安二十三年，已与曹公时相值，不过生卒之年较早耳。曹公乐章，则多长至二三百言者，短者亦百言上下，三数十言者，几不一见。如《度关山》一首，《短歌行》二首，《善哉行》二首，《对酒》一首，皆百数十言。《秋胡行》二首，皆二百数十言。《气出唱》第一首，亦几二百言。

《秋胡行》二首之二：《清调》。

> 愿登泰华山，神人共远游。愿登泰华山，神人共远游。经历昆仑山，到蓬莱，飘遥八极，与神人俱思得神药，万岁为期。歌以言志，愿登泰华山。一解。

> 天地何长久，人道居之短。天地何长久，人道居之短。世言伯阳殊不知老，赤松王乔亦云得道。得之未闻，庶以寿考。歌以言志，天地何长久。二解。

> 明明日月光，何所不光昭？明明日月光，何所不光昭？二仪合圣化，贵者独人不？万国率土，莫非王臣。仁义为名，礼乐为荣。歌以言志，明明日月光。三解。

> 四时更逝去，昼夜以成岁。四时更逝去，昼夜以成岁。大人先天而天弗违，不戚年往，忧世不治。存亡有命，虑之为蚩。歌以言志，四时更逝去。四解。

> 戚戚欲何念？欢笑意所之。戚戚欲何念？欢笑意所之。壮盛智惠，丁福保《全三国诗》谓一作慧。按作慧是；作惠者，音讹也。殊不再来。爱时进趋，将以惠谁？泛泛放逸，亦同何为？歌以言志，戚戚欲何念？五解。

按此魏晋乐所奏，谅于本辞有增益，如每解首二句之重句。然去此仍余二百数十言，亦为东汉所未有。

文帝篇什，《诗品》称其"美赡可玩"，亦多委宛悠长之作。

最为巨制者，如《大墙上蒿行》:《瑟调》。

> 阳春无不长成，草木群类随大风起，零落若何翩翩？中心独立一何茕！四时舍我驱驰，今我隐约欲何为？人生天壤间，忽如飞鸟栖枯枝，今我隐约欲何为？
>
> 适君身体所服，何不恣君口腹所尝？冬被貂鼲温暖，夏当服绮罗轻凉。行力自苦，我将欲何为？不及君少壮之时，乘坚车，策肥马良？
>
> 上有沧浪之天，今我难得久来视；下有蠕蠕之地，今我难得久来履。何不恣意遨游，从君所喜，带我宝剑？今尔何为自低昂？
>
> 悲丽平壮观，白如积雪，利如秋霜，骏犀标首，玉琢中央，帝王所服，辟除凶殃，御左右，奈何致福祥？
>
> 吴之辟间，越之步光，楚之龙泉，韩有墨阳，苗山之铤，羊头之钢：知名前代，咸自谓丽且美，曾不如君剑良，绮绮，当同逝。难忘。
>
> 冠青云之崔嵬，织罗为缨；饰以翠翰，既美且轻；表容仪，俯仰垂光荣。宋之章甫，齐之高冠。亦自谓美，盖何足观？
>
> 排金铺，坐玉堂。风尘不起，天气清凉。奏桓瑟，舞赵倡，女娥长歌，声协宫商，感心动耳，荡气回肠。酌桂酒，脍鲤鲂，与佳人，期为乐康，前奉玉卮，为我行觞。今日乐，不可忘，乐未央。
>
> 为乐常苦迟，岁月逝忽若飞。何为自苦，使我心悲？

陈思王曹植，《诗品》称其"骨气奇高，词采华茂，情兼雅怨，体被文质，粲溢今古，卓尔不群"，谓"陈思之于文章也，譬人伦之有周孔，鳞羽之有龙凤。……"推之至矣。其乐府更多鸿篇巨制。如《鼙舞歌》五首，皆洋洋数百言。人艳称道者，如《名都》《美女》《白马》《驱车》《弃妇》诸篇，亦皆二三百言，视乃父乃兄之作，更宏肆矣。

《美女》篇《歌录》曰："《名都》《美女》《白马》，并《齐瑟行》也。"

美女妖且闲，采桑歧路间。
柔条纷冉冉，落叶何翩翩！
攘袖见素手，皓腕约金环。
头上金爵钗，腰佩翠琅玕。
明珠交玉体，珊瑚间木难。
罗衣何飘飘，轻裾随风还。
顾盼遗光彩，长啸气若兰。
行徒用息驾，休者以忘餐。
借问女安居，乃在城南端。
青楼临大路，高门结重关。
容华耀朝日，谁不希令颜？
媒氏何所营？玉帛不时安。丁福保《全三国诗》曰："安字未详。
李善注：'安，定也。'愈不可解。然唐本业已如斯，似非讹字，当阙所疑。"
佳人慕高义，求贤良独难。
众人徒嗷嗷，安知彼所欢！
盛年处房室，中夜起长叹。

明帝柔媚脆弱，略同六代，不及曹公丕植之恢廓。然其篇制，亦
每较东汉为冗长。余最爱其《伤歌行》，绮靡哀婉，娓娓动人。
以其或谓为古辞，故前章已经论述。兹举其《长歌行》：《平调》。

静夜不能寐，耳听众禽鸣。
大城育狐兔，高墉多鸟声。
环宇何寥廓，宿屋邪草生。
中心感时物，抚剑下前庭，
翔佯于阶际，景星一何明？
仰首观灵宿，北辰奋休荣。
哀彼失群燕，丧偶独茕茕。
单心谁与侣？造房孰与成？
徒然喟有和，悲惨伤人情。
余情偏易感，怀罔一作往。增愤盈。

吐吟音不彻，泣涕沾罗缨。

（2）恢复四言体。东汉乐府多五言或长短句者，四言者无几，《茎箷引》四言，然只四句。《雁门太守行》，非纯粹四句。唯《善哉行》为长篇四言乐府。七言者更不一见。魏武四言乐府极多。人人称诵之《短歌行》二首，为四言。《善哉行》二首、《步出东西门行》四首，亦皆四言。

《短歌行》二首之一：四《弦曲》。

> 对酒当歌，人生几何？譬如朝露，去日苦多。
> 慨当以慷，忧思难忘。何以解忧？惟有杜康。
> 青青子衿，悠悠我心。但为君故，沈吟至今。
> 呦呦鹿鸣，食野之苹。我有嘉宾，鼓瑟吹笙。
> 明明如月，何时可辍？一作掇。忧从中来，不可断绝。
> 越陌度阡，枉用相存。契阔谈䜩，心念旧恩。
> 月明星稀，乌鹊南飞。绕树三匝，无枝可依。
> 山不厌高，水不厌深。周公吐哺，天下归心。

文帝更多四言之作，如《短歌行》《丹霞蔽日行》《善哉行》二首、《秋胡行》三首之前后二首是也。试举《善哉行》二首之一：

> 上山采薇，薄暮苦饥。溪谷多风，霜露沾衣。一解。
> 野雉群雊，猴猿相追。远望故乡，郁何垒垒？二解。
> 高山有崖，林木有枝。忧来无方，人莫之知！三解。
> 人生如寄，多忧何为？今我不乐，岁月其驰。四解。
> 汤汤川流，中有行舟。随波回转，有似客游。五解。
> 策我良马，被我轻裘。载驰载驱，聊以忘忧。六解。

陈思王，魏明帝，亦咸有四言，在乐府为增辟园地，在诗章为诗经四言体之再现，此实显异于东汉者也。

（3）创作七言体。文帝有通篇七言之完美乐府二首，在乐府文学流变上，更占重要地位。且其词优美深至，已略同后世之七言古诗。兹亟录于下：

《燕歌行》二首：《平调曲》。

秋风萧瑟天气凉，草木摇落露为霜。一解。

群燕辞归鹄一作雁。南翔，念吾一作君者是。客游多断肠。二解。

慊慊思归恋故乡，君何淹留寄他方？三解。

贱妾茕茕守空房，忧来思君不敢一作可，义较长。忘。四解。

不觉泪下沾衣裳，援琴鸣弦发清商。五解。

短歌微吟不能长，明月皎皎照我床。六解。

星汉西流夜未央，牵牛织女遥相望，尔独何辜限河梁！

别日何易会日难，山川悠远路漫漫。一解。

郁陶思君未敢言，寄书一作声。浮云往不还。二解。

涕零雨面毁形颜，谁能怀忧独不叹？三解。

耿耿伏枕不能眠，披衣出户步东西。四解。西古读先。

展诗清歌聊自宽，乐往哀来摧心肝。悲风清厉秋气寒，罗帷徐动经秦轩。五解。

仰看星月观云间，飞鸽晨鸣声《乐府诗集》声下多一气字，疑衍。可怜，留连顾怀不自存。六解。

前此乐府，无纯粹七言者。唐山夫人《房中歌》："大海荡荡水所归，高贤愉愉民所怀。"虽为七言，而后四句曰："大山崔，百卉殖，民有贵，贵有德。"则非七言。汉武时《郊祀歌·天门章》"函蒙祉福常若期……"以下八句，《景星章》"空桑琴瑟结信成……"以下十二句，皆七言，而其前半皆非七言。纯粹七言乐章，当推文帝此二首矣。在七言诗起源上亦占重要地位，俟《诗编》详论。

（4）完成仿效的乐府。　"以旧曲，翻新调"，虽不始于曹氏父子，而实成于曹氏父子。汉明帝时东平王《武德舞歌诗》、和帝时《雁门太守行》，俱见前章。虽皆依旧谱制词，然此外不多见，未成风气，及曹氏父子兄弟出，其所作乐府，率皆一用汉谱，完成仿效的乐府。自六代以至隋唐，所有乐府，几全属此类。为功为罪，治文学者，不能不归之曹氏也。

（5）内容含极颓丧之人生观。乐府至曹氏时代，不唯形式上，五言者逐渐发展，蔚为大观；四言者，重复再现；七言者，创为新体。而内容上亦与汉代不同，表现极浓厚之颓丧的人生观。魏武创业之君，千古枭雄，尚能自拔于流俗，时作振作语，如《短歌行》曰："山不厌高，水不厌深。周公吐哺，天下归心。"如《度关山》曰："车辙马迹，经纬八极。"然亦有"人生几何，去日苦多"亦《短歌行》语。之感。文帝乐府更触目皆凄楚之音，颓丧之语，即如所引《秋胡行》《燕歌行》，无一不充满此种思想，他人更无论矣。此盖半由于天下久乱，半由于佛教东渐故也。

＊　　　＊　　　＊

建安七子，号称文学极盛，而于乐府，则颇阒然。故叙魏代乐府，曹氏实为主位，其余不过附庸已耳。然少则少矣，而陈琳之《饮马长城窟行》《瑟调》。却真为可歌可泣之文字：

> 饮马长城窟，水寒伤马骨。往谓长安吏，慎莫稽留太原卒！官作自有程，举筑谐汝声。男儿宁当格斗死，何能怫郁筑长城？
>
> 长城何连连，连连三千里。边城多健少，一作儿。内舍多寡妇。作书与内舍，"便嫁莫留住，善事新姑章，一作嫜，时时念我故。"
>
> 夫子疑为人之误。报书往边地，君今出语一何鄙？身在祸难中，何为稽留他家子？生男慎莫举，生女哺用一作其。脯。君独不见长城下，死人骸骨相撑拄！结发行事君，慊慊心意关，明知边地苦，贱妾何能久自全？

王粲有《从军行》二首,《平调》。阮瑀有《驾出北郭门行》,《杂曲》。皆平庸无可采。以"新声"见称之左延年有《秦女休行》一首,写燕王妇秦女休为宗报仇故事,生动活泼、慷慨淋漓:

> 步出上西门,遥望秦氏庐。秦氏有好女,自名为女休,休年十四五,为宗行报仇。左执白杨刃,右据宛鲁一作景。矛。仇家便东南,仆僵秦女体。女休西上山,疑衍女休二字。上山四五里。关吏呵问女休,女休前置词:"平生为燕王妇,于今为诏狱囚。平生衣参差,当今无领襦。明知杀人当死,兄言快快,一作帐。弟言无道忧。"女休坚词:"为宗报仇死不疑。杀人都市中,徼我都巷西。"丞卿罗列东向坐,女休凄凄曳梏前。两徒夹我持刀,刀刃五尺余。刀未下,膻胧击鼓赦书下。

此外王粲有《太庙颂》三首、《俞儿舞歌》四首,缪袭有《魏鼓吹》曲十二首。郊庙燕射应制之文,毫无性灵可言,无论何时何人,难有出色之作。若考历代之"乐府制度",此部材料,最关重要。今考"乐府文学",则此种无性灵、无生气,纯出效颦之机械文字,绝无撮录价值。汉歌亦不足采,然事尊其始,故为著之,自魏晋而下者,皆不论述矣。

《鼓吹歌曲》,汉代者,或出文人制作,或乃民间歌谣,其文学价值本极高。然以其用为军中之歌,遂成为制度,而后世变为应制制作之官样文,故亦不采。

＊　　　＊　　　＊

吴乐唯有韦昭之《吴鼓吹》十二曲,无可观者。蜀无乐章,唯诸葛亮之《梁甫吟》,在《相和曲·楚调》中:

> 步出齐城门,遥望荡阴里。
> 里中有三坟,累累正相似。
> 问是谁家墓? 田疆古冶子。

力能排南山，文能绝地纪。

一朝被谗言，二桃杀三士。

谁能为此谋？相国齐晏子。

二 晋

晋分东西，东晋即为南朝，故今先只叙西晋。西晋乐府，概皆模拟古乐府之作，无自己创制者。篇章虽多，而有生气、有性灵者，则甚少，犹似优孟衣冠，外形易似，内心难学也。

晋初为乐府者，以张华、傅玄最著。二人皆称博学，华有《博物志》《杂记》《文集》数十卷，玄有《傅子》百二十卷、《集》五十卷。华乐府有《轻薄篇》，《杂曲》。写当时风气之奢靡薄荡，可以代表晋代文人士夫之人生观，于文学上之影响亦极大。其辞曰：

末世多轻薄，骄代一作或。好浮华。志意既放逸，赀财亦丰奢。被服极纤丽，肴膳尽柔嘉。僮仆余粱肉，婢妾蹈绫罗。文轩树羽盖，乘马鸣玉珂。横簪刻玳瑁，长鞭错象牙。足下金镂履，手中双莫邪。宾从焕络绎，侍御何芬葩！朝与金张期，暮宿许史家。甲第面长街，朱门赫嵯峨。苍梧竹叶青，宜城九酝醝。浮醪随觞转，素蚁自跳波。美女兴齐赵，妍唱出西巴。一顾城国倾，千金宁足多？北里献奇舞，大陵奏名歌。新声逾激楚，妙妓绝《阳阿》。玄鹤降浮云，鳣鱼跃中河。墨翟且停车，展季犹咨嗟。淳于前行酒，雍门坐相和。孟公结重关，宾客不得蹉。三雅来何迟？耳热眼中花。盘案互交错，坐席咸喧哗。簪珥或一作成。堕落，冠冕皆倾邪。酣饮终日夜，明灯继朝霞。绝缨尚不尤，安能复顾他？留连弥信宿，此欢难可过。人生若浮寄，年时忽蹉跎。促促朝露期，荣乐遽几何？念此肠中悲，涕下自滂沱。但畏执法吏，礼防且切磋。

傅玄有《历九秋篇董逃行》一首，词虽不佳，然通体六言，于乐府诗歌之体制上，颇有关系。兹亦录之：

> 历九秋兮三春，遗贵客兮远宾。顾多君心所亲，乃命妙伎才人，炳若日月星辰。
>
> 序金罍兮玉觞，宾主递起雁行。杯若飞电绝光，交觞接卮结裳，慷慨欢笑万方。
>
> 奏新诗兮夫君，烂然虎变龙文，浑如天地未分。齐讴楚舞纷纷，歌声上激青云。
>
> 穷八音兮异伦，奇声靡靡每新。微笑素齿丹唇，逸响飞薄梁尘，精爽眇眇入神。
>
> 坐咸醉兮沾欢，引樽促席临轩，进爵献寿翻翻。千秋要君一言："愿爱不移若山！"
>
> 君恩爱兮不竭，譬若朝日夕月。此景万里不绝，长保初醮结发，何忧坐生胡越？
>
> 携弱手兮金环，上游飞阁云间，穆若鸳凤双鸾。还幸兰房自安，娱心极意难原。
>
> 乐既极兮多怀，盛时忽逝若颓，寒暑革御景回。春荣随风飘摧，感物动心增哀。
>
> 妾受命兮孤虚，男儿堕地称姝，女弱虽存若无。骨肉至亲更疏，奉事他人托躯。
>
> 君如影兮随形，贱妾如水浮萍。明月不能常盈，谁能无根保荣？良时冉冉代征。
>
> 顾一作绿。绣领兮含辉，皎日回光侧微。朱华忽尔渐衰，影欲舍形高飞，谁言往思可追？
>
> 茅与麦兮夏零，兰桂践霜逾馨，禄命悬天难明。委心结意丹青，何忧君心中倾。

《古诗纪》曰："《选诗拾遗》曰：'此篇仿佛欢戚，如在目前，经纬情感，若探中曲，宫商曾叠，绮绘斐亹，其言有文焉，其声有永焉。惜不知何人之词；非相如枚乘，其谁能为之？走僵李杜，不能及矣。呜呼！美矣！尽矣！丽矣！则矣！当为百世六言之祖也！'讷按此辞本题曰《董逃行历九秋篇》。《董逃行》起于汉末，不得谓为相如枚乘为之也。观其辞体不类二京，当以《乐录》为正。"按《董逃行》起于先汉，冯氏盖误以《董逃歌》为《董逃行》也。然《乐录》，陈释智匠撰。为六朝时代叙录乐府总汇之书，当有所本。且其辞确不类两汉。《玉台新咏》以前十首属梁简文帝。考十二章有相互关系，必非二人之作，故宜从马氏据《乐录》断为傅玄一人之作。词采平庸，《选诗拾遗》称赞不遗余力，倘有嗜痂之癖欤？

傅玄乐府亦有较富文学趣味者：如《艳歌行有女篇》和《秋胡行》《饮马长城窟行》《怨歌行朝时篇》《明月篇》等。今举《艳歌行有女篇》：瑟调。

> 有女怀芬芳，媔媔步东厢。
> 蛾眉分翠羽，明眸发清扬。
> 丹唇翳皓齿，秀色若珪璋。
> 巧笑露权靥，众媚不可详。
> 容仪希世出，无乃古毛嫱？
> 头安金步摇，耳系明月珰。
> 珠环约素腕，翠羽垂鲜光。
> 文袍缀藻黼，玉体映罗裳。
> 容颜既已艳，志节拟秋霜。
> 徽音冠青云，声响流四方。
> 妙哉英媛德，宜配侯与王。
> 灵应万世合，日月时相望。
> 媒氏陈束帛，羔羊鸣前堂。
> 百两盈一作迎。中路，起若鸾凤翔。
> 凡夫徒踊跃，望绝殊参商。

八王秉政之时，陆机、陆云，郁为文栋。仅以乐府而论，弟实远逊于兄。陆机之作，有数十首之多。余颇爱其《日出东南隅行》《悲哉行》两首。

《日出东南隅行》：《玉台新咏》作《艳歌行》。

扶桑升朝晖，照此高台端。
高台多妖丽，濬房出清颜。
淑貌曜皎日，惠心清且闲。
美目扬玉泽，峨眉象翠翰。
鲜肤一何润，秀色若可餐。
窈窕多容仪，婉媚巧笑言。
暮春春服成，粲粲绮与纨。
金雀垂藻翘，琼佩结瑶璠。
方驾扬清尘，濯足洛水澜。

蔼蔼风云会，佳人一何繁！
南崖充罗幕，北渚盈軿轩。
清川含藻景，高岸被华丹。
馥馥芳袖挥，泠泠纤指弹。
悲歌吐清响，雅舞播幽兰。
丹唇含九秋，妍迹陵七盘。
赴曲迅若鸿，蹈节如集鸾。
绮态随颜变，沈姿无定源。
俯仰纷阿那，顾步咸可欢。
遗芳结飞飙，浮景映清湍。
冶容不足咏，春游良可叹。

《悲哉行》：《杂曲》。

游客芳春林，春芳伤客心。
和风飞清响，鲜云垂薄阴。
蕙草饶淑气，时鸟多好音。
翩翩鸣鸠羽，喈喈仓庚吟。
幽兰盈通谷，长秀一作莠。被高岑。
女萝亦有托，蔓葛亦有寻。
伤哉客游士，忧思一何深！

目感随气草，耳悲咏时禽。
寤寐多远念，缅然若飞沈。
愿托归风响，寄言遗所钦。

陆云虽称齐名乃兄，而夷考其实，于诗尚"如陈思之匹白马"，乐府更一首不见，直无比拟之资格。此外能乐府者，石崇颇有佳什。以余私见，《王明君辞》盖其压卷之篇矣。

我本汉家子，将适单于庭。
辞诀未及终，前驱已抗旌。
仆御涕流离，辕马悲且鸣。
哀郁伤五内，泣泪沾朱缨。
行行日已远，遂造匈奴城。
延我于穹庐，加我阏氏名。
殊类非所安，虽贵非所荣。
父子见凌辱，对之惭且惊。
杀身良不易，默默以苟生。
苟生亦何聊，积思常愤盈。
愿假飞鸿翼，弃之以遐征。
飞鸿不我顾，伫立以屏营。
昔为匣中玉，今为粪上英。
朝华不足欢，甘与秋草并。
传语后世人，远嫁难为情。

三　魏晋乐府源流变迁表

魏晋为乐府之摹仿时期，作者率皆文人学士，无平民。其变迁源流，亦可分形式、内容两方面，制为简表：

（一）形式方面
- （1）篇幅逐渐增长
- （2）五言大盛
- （3）恢复四言体
- （4）创作七言体

（二）内容方面
- （1）魏代作品，多含极浓厚之颓丧的人生观。
- （2）晋代作品，多绮丽、淫靡、沉迷、无聊之音。

    原因：以魏晋时代，政治、经济、社会，皆震荡不安，人心惶惑，始而颓丧无聊，继而恣情纵欲，故表现之文学，亦随之有此种现象。

第四章

南北朝乐府

一 南 朝

（一）平民创作乐府 乐府至南北朝，又产生大批创作品，作者多为不知名之平民。产生于南朝者，后世多归入所谓《清商曲辞》。《乐府诗集》曰："《清商乐》，一曰《清乐》。《清乐》者，九代之遗声，其始即《相和三调》是也，并汉魏以来旧曲。其辞皆古调及魏三祖所作。自晋朝播迁，其音分散。苻坚灭凉得之，传于前后二秦。宋武定关中，因而入南，不复存于内地。……后魏孝文讨淮汉，宣武定寿春，收其声伎，得江左所传中原旧曲，《明君》《圣主》《公莫》《白鸠》之属，及江南《吴歌》、荆楚《西声》，总谓之《清商乐》。"《明君》《圣主》《公莫》《白鸠》，皆应制而作之《舞曲歌辞》，无文学价值，今不述。《吴歌》《西曲》外，尚有《神弦歌》《江南弄》《上云乐》三种，分别论列于下：

1. **吴歌** 《乐府诗集》言："《吴歌》，并出江南，东晋以来，稍有增广，其始皆徒歌，既而被之管弦。盖自永嘉^{怀帝}渡江之后，下及梁陈，咸都建业，吴声歌曲，起于此也。《古今乐录》曰：'……《吴声》十曲，一曰《子夜》，二曰《上柱》，三曰

《凤将雏》，四曰《上声》，五曰《欢闻》，六曰《欢闻变》，七曰《前溪》，八曰《阿子》，九曰《丁督护》，十曰《团扇》。'……又有《七日夜女歌》《长史变》《黄鹄》《碧玉》《桃叶》《长乐佳》《欢好》《懊恼》《读曲》，亦皆吴声歌曲也。"然稽之各书，吴声歌曲尚不止此；唯《上柱》《凤将雏》不载，盖久佚矣。

今按郭氏以《清商》并汉魏之遗，又以《吴歌》隶属《清商》，则《吴歌》亦汉魏之遗。然考汉魏歌，无《吴歌》之目。按名思义，当起孙吴时；而孙吴之歌，亦不载此。考《乐府诗集》六十四有陆机《吴趋行》，辞曰：

> 楚妃且勿叹，齐娥且莫讴。
> 四坐并清听，听我歌《吴趋》。
> 《吴趋》自有始，请从阊门起。
> 阊门何峨峨？飞阁跨通波。
> 重栾承游极，回轩启曲阿。
> 蔼蔼庆云被，泠泠祥风过。
> 山泽多藏育，土风清且嘉。
> 泰伯导仁风，仲雍扬其波。
> 穆穆延陵子，灼灼光诸华。
> 王迹隤阳九，帝功兴四遐。
> 大皇自富春，矫手一作首。顿世罗。
> 邦彦应运兴，粲若春林葩。
> 属城咸有士，吴邑最为多。
> 八族未足侈，四姓实名家。
> 文德熙淳懿，武功侔山河。
> 礼让何济济？流化自滂沱。
> 淑美难穷纪，商榷为此歌。

又有无名氏作者一首：

> 茧满盖重帘，唯有远相思。

藕叶清朝钏，何见早归一作还。时？

又有梁元帝作者一首：

水里生葱翅，池心恒欲飞。
莲花逐床返，何时乘舸归？

崔豹《古今注》曰："《吴趋曲》，吴人以歌其地也。"崔豹、陆机，皆晋初年人。豹谓"吴人以歌其地"，则《吴趋》之兴，似在三国孙吴时矣。虽《乐府诗集》置此于《杂曲》，不列入《清商吴歌》，然《吴歌》似与此不无关系？陆机一首，篇幅甚长，不类《吴歌》之多五言四句；无名氏及梁元帝二首，则与《吴歌》酷肖也。今将《吴歌》存者，分别论述于下：

　　（1）《子夜歌》《唐书·乐志》曰："《子夜歌》者，晋曲也；晋有女子名子夜造此声，声过哀苦。"《宋书·乐志》曰："晋孝武太元中（376—396），琅琊王轲之家，有鬼歌《子夜》。殷充为豫章，豫章侨人庾僧虔家亦有鬼歌《子夜》。殷充为豫章，亦是太元中，则《子夜》是此诗以前人也。"按乐府歌辞，多附以有趣味之故事，以文学眼光视之，率婉媚可爱；以史学眼光视之，则茫如捕风，未可依据。故鬼歌《子夜》，自为子虚乌有，不必深究，而《子夜》歌之产生，则约在东晋矣。

　　《乐府诗集》载《子夜歌》四十二首、《子夜四时歌》七十五首，皆题晋宋齐辞，皆靡曼秀美之恋歌，读之令人陶醉，令人销魂。择余最爱者录之：

宿昔不梳头，丝发被两肩。
婉伸郎膝上，何处不可怜？

朝思出前门，暮思还后渚。
语笑向谁道，腹中阴忆汝。

揽枕北窗卧，郎来就侬嬉。
小喜多唐突，相怜能几时？

绿揽迮题锦，双裙今复开。
已许腰中带，谁共解罗衣？

揽裙未结带，约眉出前窗。
罗裳易飘扬，小开骂春风。

夜觉百思缠，忧叹涕流襟。
徒怀倾筐情，郎谁明侬心？

夜长不得眠，转侧听更鼓。
无故欢相逢，使侬肝肠苦？

欢从何处来？端然有忧色。
三唤不一应，有何比松柏？

气清明月朗，夜与君共嬉。
郎歌妙意曲，侬亦吐芳词。

惊风急素柯，白日渐微濛。
郎怀幽闺性，侬亦恃春容。

夜长不得眠，明月何灼灼？
想闻散唤声，虚应空中诺。

恃爱如欲进，含羞未肯前。
口朱发艳歌，玉指弄娇弦。

以上《子夜歌》

光风流月初，新林锦花舒。
情人戏春月，窈窕曳罗裙。

朱光照绿苑，丹华粲罗星。
那能闺中绣，独无怀春情。

鲜云媚朱景，芳风散林花。
佳人步春苑，绣带飞纷葩。

春林花多媚，春鸟意多哀。
春风复多情，吹我罗裳开。

梅花落已尽，柳花随风散。
叹我当春年，无人相要唤！

思见春花月，含笑当道路。
逢侬多欲摘，可怜持自误！

以上《子夜春歌》

高堂不作壁，招取四面风。
吹散罗裳开，动侬含笑容。

反覆华簟上，屏帐了不施。
郎君未可前，待我整容仪。

暑盛静无风，夏云薄暮起。
携手密叶下，浮瓜沉朱李。

情知三夏热，今日偏独甚。
香巾拂玉席，共郎登楼寝。

以上《子夜夏歌》

　　清露凝如玉，凉风中夜发。
　　情人不还卧，冶游步明月。

　　秋夜凉风起，天高星月明。
　　兰房竞妆饰，绮帐待双情。

　　凉秋开窗寝，斜月垂光照。
　　中宵无人语，罗幌有双笑。

以上《子夜秋歌》

　　涂涩无人行，冒寒往相觅。
　　若不信侬时，但看雪上迹。

　　寒鸟依高树，枯林鸣悲风。
　　为欢憔悴尽，那得好颜容？

　　炭炉却夜寒，重抱坐叠褥。
　　与郎对华榻，弦歌秉兰烛。

　　朔风飘霰雨，绿池莲水结。
　　愿欢攘皓腕，共弄初落雪！

以上《子夜冬歌》

　　吴兢《乐府古题要解》于《子夜歌》下曰："后人更为四时行乐之词，谓之《子夜四时歌》。又有《大子夜歌》《子夜惊歌》《子夜变歌》，皆曲之变也。"吴氏之言，良然，自《子夜四时歌》下，皆《子夜歌》所挚乳者也。《大子夜歌》有二首：

　　　　歌谣数百种，《子夜》最可怜。
　　　　慷慨吐清音，明转出天然。

　　　　丝竹发歌响，假器扬清音。
　　　　不知歌谣妙，声势出口心。

据第一首知《子夜》初为歌谣，纯为平民文学。据第二首知后来佐以丝竹，变为乐府。故今兹不于《歌谣编》述之，于此述之。

　　《子夜惊歌》,《乐府诗集》《古诗纪》皆载两首，然第二首"恃爱如欲进"，并见《子夜歌》。第一首曰：

　　　　镂碗传绿酒，雕炉薰紫烟。
　　　　谁知苦寒调，共作白雪弦。

《子夜变歌》共三首，兹录第一首：

　　　　人传欢负情，我自未常见。
　　　　三更开门去，始知子夜变。

《四时歌》中尚有梁武帝七首，今录《春歌》一首：

　　　　兰叶始满地，梅花已落枝。
　　　　持此可怜意，摘以寄心知。

又有梁王金珠八首，亦录一首：

　　　　阶上香入怀，庭中花照眼。
　　　　春心郁如此，情来不可限。

（2）《上声歌》《古今乐录》曰："《上声歌》者，此因上声促柱得名。"《乐府诗集》引。《乐府诗集》著八首，今录二首：

> 郎作《上声曲》，柱促使弦哀。
> 譬如秋风急，触遇伤侬怀。

> 初歌子夜曲，改调促鸣筝。
> 四座暂寂静，听我歌《上声》。

（3）《欢闻歌》《古今乐录》曰："《欢闻歌》者，晋穆帝升平（357—361）初歌，毕辄呼'欢闻不'，以为送声，后因此为曲名。"《乐府诗集》引。《乐府诗集》仅著一首：

> 遥遥天无柱，流漂萍无根。
> 单身如萤火，持底报郎恩？

又载《欢闻变歌》六首。引《古今乐录》曰："《欢闻变歌》者，晋穆帝升平中，童子辈忽歌于道曰《阿子闻》，曲终辄云'阿子汝闻不？'无几而穆帝崩，褚太后哭阿子汝闻不？声既凄苦，因以名之。"今录一首：

> 张罾不得鱼，不橹罾空归。
> 君非鸬鹚鸟，底为守空池？

按《欢闻变》者，盖《欢闻曲》之变，亦犹《子夜变》为《子夜》之变也。《子夜变》既附于《子夜》，不别为一类，《欢闻变》亦应附于《欢闻》，不别为一类。《古今乐录》折为二类，误矣。

（4）《前溪歌》《宋书·乐志》："《前溪歌》者，晋车骑将军沈玩所制。"《乐府诗集》著七首，今录三首：

忧思出门倚，逢郎前溪度。
莫作流水心，引新都舍故。

黄葛结蒙笼，生在洛溪边。
花落逐水去，何当顺流还。
还亦不复鲜！

黄葛生烂熳，谁能断葛根？
宁断娇儿乳，不断郎殷勤。

（5）《阿子声》《乐府诗集》曰："《宋书·乐志》曰：'《阿子歌》者，亦因升平初歌云，"阿子汝闻不"，后人演其声为《阿子》《欢闻》二曲。'《乐苑》曰：'嘉兴人养鸭儿，鸭儿既死，因有此歌。'未知孰是。"词共三首，今录一首：

阿子复阿子，念汝好颜容。
风流世希有，窈窕无人双。

（6）《丁督护歌》《乐府诗集》曰："一曰《阿督护》。"《宋书·乐志》曰："《督护歌》者，彭城内史徐逵之为鲁轨所杀，宋高祖使府内直督护丁旿收殓葬埋之。逵之妻，高祖长女也，呼旿至阁下自问殓送之事。每问辄叹息曰，'丁督护！'其声哀切。后人因其声，广其曲焉。"《唐书乐志》曰："《丁督护》，晋宋间曲也，今歌是宋武帝所制云。"《乐府诗集》载五首，今录一首：

闻欢去北征，相送直渎浦。
只有泪可出，无复情可吐。

又有梁王金珠一首，不佳。

（7）《团扇郎》《古今乐录》曰："《团扇郎》者，晋中书令王珉捉白团扇与嫂婢谢芳姿有爱，情好甚笃。嫂捶挞婢过苦，王东亭闻而止之。芳姿素善歌，嫂令歌一曲当赦之。应声歌曰："白团扇，辛苦五疑为互之误。流连，是郎眼所见。"珉闻，更问之，汝歌何遗？芳姿即改云："白团扇，憔悴非昔容，羞与郎相见。"后人因而歌之。"共八首，今录二首：

> 青青林中竹，可作白团扇。
> 动摇郎玉手，因风托方便。

> 团扇复团扇，持许自遮面。
> 憔悴无复理，羞与郎相见。

《玉台新咏》以后一首为桃叶作。案桃叶为王子敬妾，此歌明以团扇兴起，其非子敬妾作无疑。

（8）《七日夜女歌》《乐府诗集》著九首，今录一首：

> 长河起秋云，汉渚风凉发。
> 含欣出霄路，可叹向明月。

（9）《长史变歌》《宋书·乐志》曰："《长史变歌》者，晋司徒左长史王钦临败所制也。"《乐府诗集》著三首，今录一首：

> 口和狂风扇，心故清白节。
> 朱门前世荣，千载表忠烈。

（10）《黄鹄曲》《乐府诗集》曰："按《黄鹄》本汉《鼓吹曲》名。"按汉《鼓吹曲》无《黄鹄》之名，《雉子班》有"黄鹄蜚之以重"之言，《临高台》亦有"黄鹄高飞雊哉翻"之句，但与此均无关系。南朝此等乐歌，多创作，依旧谱制词者甚少，此亦当为新曲，非本于汉也，郭氏之言误。共四首，今录一首：

　　黄鹄参天飞，半道郁徘徊。
　　腹中车轮转，君别思忆谁？

　　（11）《碧玉歌》　此歌作者，其说不一。《乐府诗集》引《乐苑》曰：“《碧玉歌》者，宋汝南王所作也。碧玉，汝南王妾名，以宠爱之甚，所以歌之。”《古诗纪》晋卷之十二载《情人碧玉歌》二首，言“《碧玉歌》一名《千金意》，晋孙绰所作”。其词为：

　　碧玉小家女，不敢攀贵德。
　　感郎千金意，惭无倾城色。

　　碧玉破瓜时，郎为情颠倒。
　　感君不羞赧，回身就郎抱。

又于宋卷之十一载《碧玉歌》前后五首，将《乐苑》之言，完全录下。前三首为：

　　碧玉破瓜时，郎为情颠倒。
　　芙蓉陵霜荣，秋容故尚好。

　　碧玉小家女，不敢攀贵德。
　　感郎千金意，惭无倾城色。

　　碧玉小家女，不敢贵德攀。
　　感郎意气重，遂得结金兰。

而于第二首下注云：“《玉台》作孙绰。”后二首为：

　　碧玉破瓜时，相为情颠倒。

感郎不羞赧，回身就郎抱。

杏梁日始照，蕙席欢未极。
碧玉奉金杯，渌酒助花色。

第一首注云：“《玉台》作孙绰。”第二首注云：“《玉台》作梁武帝。”《乐府诗集》亦如此排列，先列《碧玉歌》三首，接列同前二首，唯皆归之宋汝南王。按《玉台》编著较早，宜以《玉台》为据。乐府歌辞每附以有趣味之故事，非皆为事实，汝南王未必有名碧玉之妾，即有之，亦未必不为巧合，由是好事者，遂附会此歌耳。

（12）《桃叶歌》《玉台新咏》作《情人歌》。《古今乐录》曰：“《桃叶歌》者，晋王子敬之所作也。桃叶，子敬妾名，缘于笃爱，所以歌之。”《乐府诗集》引。《隋书·五行志》，亦载陈时江南盛歌王献之《桃叶词》云：

桃叶复桃叶，渡江不用楫。
但渡无所苦，我自迎接汝。

《乐府诗集》著四首，此首即其一也。余三首，录一首：

桃叶复桃叶，桃叶连桃根。
相怜两乐事，独使我殷勤！

（13）《长乐佳》《乐府诗集》《古诗纪》，皆著八首，今录三首：

比翼交颈游，千载不相离，偕情欣欢念，长乐佳。

欲知长乐佳，中陵罗雎鸠，美死两心齐。

红罗复斗帐，四角垂珠珰，玉枕龙须席，郎眠何处床？

（14）《欢好曲》《乐府诗集》《古诗纪》皆著三首，今录二首：

淑女总角时，唤作小姑子。
容艳初春花，人见谁不爱？

窈窕上头欢，那得及破瓜？
但看脱叶莲，何如芙蓉花？

（15）《懊侬歌》《古今乐录》曰："《懊侬歌》者，晋石崇绿珠所作，唯'丝布涩难缝'一曲而已，后皆隆安初民间讹谣之曲。"《乐府诗集》引。按隆安为晋安帝初元（397—402）。《乐府诗集》共著十四首，皆男女恋歌。《晋书·五行志》中尚载一首，词曰："草生可揽结，女儿可揽撷。"乐府不收，故已于《歌谣编》述之。绿珠一首，为：

丝布涩难缝，令侬十指穿。
黄牛细犊车，游戏出孟津。

余十三首中，余最好吟诵者六首：

寡妇哭城颓，此情非虚假。
相乐不相得，抱恨黄泉下。

我与欢相怜，约誓底言者？
常叹负情人，郎今果成诈！

我有一所欢，安在深阁里。
桐树不结花，何由得梧子？

月落天欲曙，能得几时眠？
凄凄下床去，侬病不能言！

发乱谁料理？托侬言相思。
还君华艳去，催送实情来。

懊恼奈何许？
夜闻家中论，不得侬与汝。

（16）《读曲歌》《乐府诗集》曰："《宋书·乐志》曰：'《读曲歌》者，民间为彭城王义康所作也。其歌云：死罪刘领军，误杀刘第四，是也。'《古今乐录》曰：'《读曲歌》者，元嘉十七年，袁后崩，百官不敢作声歌，或因酒宴，止窃声读曲细吟而已。以此为名。'按义康被徙亦是十七年。"按元嘉为宋元帝元号，十七年当西历440年。"死罪刘领军"云云，虽亦名《读曲歌》，然与此绝不相类，倘命名偶同，或此因仍彼调耶？共八十九首，今录十二首：

思欢久，不爱独枝莲，只惜同心藕。

奈何不可言？朝看莫牛迹，知是宿蹄痕。

柳树得春风，一低复一昂。
谁能空相忆，独眠度三阳？

折杨柳，百鸟园林啼，道欢不离口。

坐起叹汝好，愿他甘丛香，倾筐入怀抱。

逋发不可料，憔悴为谁睹？

欲知相忆时，但看裙带缓几许。

芳萱初生时，知是无忧草。
双眉画未成，那能就郎抱？

闻欢得新侬，四支懊如垂。
鸟散放行路，井中百翅不能飞。

怜欢敢唤名，念欢不呼字。
连唤欢复欢，两誓不相弃。

合冥过藩来，向晓开门去。
欢取身上衣，不为侬作虑。

诈我不出门，冥就他侬宿。
鹿转方相头，丁倒欺人目。

打杀长鸣鸡，弹去乌白鸟。
愿得连暝不复曙，一年都一晓。

（17）《黄生曲》《乐府诗集》共三首，今录一首：

黄生无诚信，冥强将侬期。
通夕出门望，至晓竟不来。

（18）《华山畿》《古今乐录》曰："《华山畿》者，宋少帝时，《懊恼》一曲，亦变曲也。少帝时，南徐一士子从华山畿往云阳，见客舍有女子，年十八九，悦之，无因，遂感心疾。母问其故，具以启母。母为至华山寻访，见女，具以闻。感之，因脱蔽膝，令母密置其席下卧之，当已。少日果差。忽举席见蔽膝而抱持，遂吞食而死。气欲绝，谓母曰：'葬时，车载从华山度。'母从其意。比至女门，牛不肯前，打拍不动。女曰：'且待须臾，妆点沐浴。'既而出，歌曰：'华山畿，君既为侬死，独活为谁施？若见怜时，棺木为侬开！'棺应声开。女透入棺，家人叩打，无如之何。乃合葬，呼曰神女冢。"《乐府诗集》引。按《乐府诗集》除女此歌外，尚载十九首，中有一首，发端有"懊恼"二字，当即宋少帝时之一曲。词曰：

> 懊恼不堪止，上床解要绳，自经屏风里。

余十八首，其字句多少，略与此同，与女所歌者绝殊，盖皆依此首之调，歌男女之情者也。今录四首：

> 啼著曙，泪落枕将浮，身沉被流去。

> 腹中如汤灌，肝肠寸寸断，教侬底聊赖？

> 奈何许？天下人何限，慊慊只为汝？

> 夜相思，风吹窗帘动，言是所欢来。

（19）《玉树后庭花》《隋书·乐志》曰："陈后主于《清乐中》，造《黄骊留》及《玉树后庭花》《金钗两鬓垂》等曲，与幸臣等制其歌词，绮艳相高，极于轻荡，男女唱和，其音甚哀。"《南史》曰："后主张贵妃名丽华，与龚孔二贵嫔、王李二美人、张薛二淑媛、袁昭仪、何婕好、江修容等，并有宠。又以宫人袁大舍等为女学士。每引客宾游宴，则使诸贵人女学士与狎客共赋新诗，采其尤艳丽者以为曲调，被以新声，选宫女千数歌之。其曲有《玉树后庭花》《临春乐》等。"《乐府诗集》仅载一首，题为陈后主。

> 丽宇芳林对高阁，新妆艳质本倾城。

　　映户凝娇乍不进，出帷含态笑相迎。

　　妖姬脸似花含露，玉树流光照后庭。

南朝乐府新辞，多五言四句，此独通体七言，且略似对偶，渐近律体，亦治乐府诗歌流变者所当注意者也。

　　2.《神弦歌》《古今乐录》曰："《神弦歌》十一曲：一曰《宿阿》，二曰《道君》，三曰《圣郎》，四曰《娇女》，五曰《白石郎》，六曰《清溪小姑》，七曰《湖就姑》，八曰《姑恩》，九曰《采菱童》，十曰《明下童》，十一曰《同生》。"《乐府诗集》引。按《乐府诗集》，《宿阿》一曲，《道君》一曲，《圣郎》一曲，《娇女》二曲，《白石郎》二曲，《青溪小姑》一曲，《湖就姑》二曲，《姑恩》二曲，《采莲童》即《采菱童》。二曲，《明下童》二曲，《同生》二曲。今择录三曲：

　　（1）《圣郎曲》

　　左亦不伴伴，右亦不翼翼。

　　仙人在郎傍，玉女在郎侧。

　　酒无沙糖味，为他通颜色。

　　（2）《清溪小姑曲》　此曲附有燕宛美妙之故事一则，不惮烦琐，急录之以饷读者。吴均《续齐谐记》曰：

　　会稽赵文韶，宋元嘉中，为东扶侍，廨在青溪中桥，秋夜步月，怅然思归，乃倚门唱《乌飞曲》。忽有青衣年可十五六许，诣门曰："女郎闻歌声有悦人者，逐月游戏，故遣相问。"文韶都不之疑，遂邀暂过。须臾女郎至，年可十八九许，容色绝妙。谓文韶曰："闻君善歌，能为作一曲否？"文韶即为歌《草生石盘下》，声甚清美。女郎顾青衣取箜篌，鼓之泠泠，似《楚曲》。又令侍婢歌《繁霜》，自脱金簪扣箜篌和之。婢乃歌曰：歌《繁霜》，繁霜侵晓幕。何意空相守，坐待繁霜落？留连宴寝。将旦别去，以金簪遗文韶。文韶亦赠以银碗及琉璃匕。明日于青溪庙中得之，乃知得所见青溪神女也。

干宝《搜神记》曰："广陵蒋子文，尝为秣陵尉，因击贼伤而死。吴孙权时，封中都侯，立庙钟山。"《异苑》曰："青溪小姑，蒋侯第三妹也。"其曲曰：

> 开门白水，侧近桥梁。小姑所居，独处无郎。

（3）《采莲童曲》 录第二首：

> 东湖扶菰童，西湖采菱茇。
> 不持歌作乐，为持解愁思。

3.《西曲》 即《荆楚西声》。《乐府诗集》曰："《西曲歌》出于荆郢樊邓之间，而其声节送和，与《吴歌》亦异，故因其方俗谓之西曲云。"考《古今乐录》："《西曲歌》有《石城乐》《乌夜啼》《莫愁乐》《估客乐》《襄阳乐》《三洲》《襄阳蹋铜蹄》《采桑度》《江陵乐》《青阳度》《青骢白马》《共戏乐》《女儿子》《来罗》《那呵滩》《孟珠》《翳乐》《夜度娘》《长松标》《双行缠》《黄督》《黄缨》《平西乐》《攀杨枝》《寻阳乐》《白附鸠》《拔蒲》《寿阳乐》《作蚕丝》《杨叛儿》《西乌夜飞》《月节折杨柳歌》三十四曲。"《乐府诗集》引。按言三十四曲，而实只三十三曲。《乐府诗集》尚有《雍州曲》一种，倘偶遗耶？

（1）《石城乐》《唐书·乐志》曰："《石城乐》者，宋臧质所作也。石城在竟陵，质尝为竟陵郡，于城上眺瞩，见群少年歌谣通畅，因作此曲。"然《乐府诗集》载五曲，题为无名氏，则后人仿质曲而作也，录一首：

> 阳春百花生，摘插环髻前。
> 捥指蹋忘愁，相与及盛年。

（2）《乌夜啼》《唐书·乐志》曰："《乌夜啼》者，宋临川王义庆所作也。"《乐府诗集》载无名氏者八首，今录一首：

> 可怜乌臼鸟，强言知天曙。
> 无故三更啼，欢子冒暗去。

又有梁简文帝一首：

> 绿草庭中望明月，碧玉堂里对金铺。
> 鸣弦拨捩发初异，挑琴欲吹众曲殊。
> 不疑三足朝含影，直言九子夜相呼。
> 羞言独眠枕下泪，托道单栖城上乌。

又有刘孝绰一首：

> 鹍弦且辍弄，鹤操暂停徽。
> 别有啼乌曲，东西相背一作各自。飞。
> 倡人怨独守，荡子游未归。
> 忽闻生离曲，长夜泣罗衣。

又有庾信二首：

> 促柱繁弦非《子夜》，歌声舞态异《前溪》。
> 御史府中何处宿，洛阳城头那得栖？
> 弹琴蜀郡卓家女，织锦秦川窦氏妻。
> 讵不自惊长泪落，到头啼乌恒夜啼。

> 桂树悬知远，风竿讵肯低。
> 独怜明月夜，孤飞犹未栖。
> 虎贲谁能惜，御史讵相携。
> 虽言入弦管，终是曲中啼。

简文一首，与庾信第一首，皆略似七律。孝绰一首，与庾信第二首，皆略似五律。庾信虽卒于北周，然生于萧梁。是萧梁之时，篇什已渐趋律体，视前所引陈后主《玉树后庭花》，又早矣。

（3）《乌栖曲》《乐府诗集》载梁简文帝四首，梁元帝六首，萧子显一首，徐陵二首，余最好简文帝及徐陵者各一首。

> 织成屏风金屈膝，朱唇玉面灯前出。
> 相看气息望相怜，谁能含羞不自前？
>
> —— 简文帝

> 绣帐罗帷隐灯烛，一夜千年犹未足。
> 唯憎无赖汝南鸡，天河未落犹争啼？
>
> —— 徐陵

又有陈后主等《栖乌曲》多首，其格调亦七言四句，前二句为韵，后二句为韵，与《乌栖曲》全同。乌栖，栖乌，一而二，二而一者也，疑初为一曲。今即举陈后主一首：

> 合欢襦薰百和香，床中被织两鸳鸯。
> 乌啼汉没天应曙，只持怀抱送郎去。

（4）《莫愁乐》《唐书·乐志》曰："《莫愁乐》者，出于《石城乐》。石城有女子名莫愁，善歌谣。《石城乐》和中复有'忘愁'声，因有此歌。"《乐府诗集》只著二首：

> 莫愁在何处？莫愁石城西。
> 艇子打两桨，催送莫愁来。

> 闻欢下扬州，相送楚山头。
> 探手抱腰看，江水断不流。

（5）《估客乐》《古今乐录》曰："《估客乐》者，齐武帝之所制也。帝布衣时，尝游樊邓，登祚以后，追忆往事而作歌，使乐府令刘瑶管弦被之教习，卒遂无成。有人启释宝月善解音律，帝使奏之，旬日之中便就谐合。敕歌者常重为感忆之声，犹行于世。宝月又上两曲。帝数乘龙舟游石城，江中放观，以红越布为帆，绿丝为帆䌫，锜石为篙足，篙榜者悉著郁林布，作淡黄袴，列开使江中，衣出五城。殿犹在。"江中放歌之乐，令人神往，南朝固多韵事也。《唐书·乐志》曰："梁改其名为《商旅行》。"《乐府诗集》共著六首，一齐武帝作，二宝月作，一陈后主作，二无作者姓名。齐武帝陈后主二首不足观，宝月二首，妩媚艳润，不愧六代佳作：

> 郎作十里行，侬作九里送。
> 拔侬头上钗，与郎资路用。
>
> 有信数寄书，无信心相忆。
> 莫作瓶落井，一去无消息！

不知作者二首，其第一首极具妙意。

> 大艑珂峨头，何处发扬州？
> 借问艑上郎，"见侬所欢不"？

其所欢爱者，知即艑上郎也。

（6）《襄阳乐》《古今乐录》曰："《襄阳乐》者，宋随王诞之所作也。诞始为襄阳郡，元嘉二十六年，仍为雍州刺史，夜闻诸女歌谣，因而作之，所以歌和中有'襄阳来夜乐'之语也。……又有《大堤曲》，亦出于此。简文帝《雍州》十曲，有《大堤》《南湖》《北渚》等曲。"今按《乐府诗集》载《襄阳乐》

九曲，倘即诞所作欤？又有梁简文帝《雍州曲》三首，正为《大堤》《南湖》《北渚》。《乐录》附于《襄阳乐》，则盖由《襄阳乐》而演化以成也。然《襄阳乐》五言四句，《雍州曲》五言六句，倘叠半谱欤？《襄阳乐》录三首：

> 江陵三千三，西塞陌中央。
> 但问相随否？何计道里长！

> 黄鹄参天飞，中道郁徘徊。
> 腹中车轮转，欢今定怜谁！

> 扬州蒲锻环，百钱两三丛。
> 不能买将还，空手揽抱侬！

《雍州曲》三首，录《北渚》一首：

> 岸阴垂柳叶，平江含粉蝶。
> 好值城傍人，多逢荡舟妾。
> 绿水溅长袖，浮苔染轻楫。

（7）《三洲歌》《古今乐录》曰："《三洲歌》者，商客数游巴陵三江口，往还，因共作此歌。"《乐府诗集》著无名姓者三首，陈后主一首。陈后主一首比较可观。

> 春江聊一望，细草遍长洲。
> 沙汀时起伏，画舸屡淹留。

（8）《襄阳蹋铜蹄》《隋书·乐志》曰："梁武帝之在雍镇，有童谣曰：'襄阳白铜蹄，反缚扬州儿。'识者言白铜蹄谓金蹄为马也；白，金色也。及义师之兴，实以铁骑，扬州之士皆面缚，果如谣言。故即位之后，更造新声，帝自为之词三曲，又令沈约为三曲，以被管弦。"今录武帝二首：

陌头征人去，闺中女下机。
含情不能言，送别沾罗衣。

草树非一香，花叶百种色。
寄语故情人，知我心相忆。

（9）《采桑度》《乐府诗集》曰："《采桑度》，一曰《采桑》。"《唐书·乐志》曰："《采桑》因《三洲曲》而生。"《乐府诗集》录不知名作者七首，今录二首：

冶游采桑女，尽有芳春色。
姿容应春媚，粉黛不加饰。

采桑盛阳月，绿叶何翩翩！
攀条上树表，牵坏紫罗裙。

（10）《江陵乐》《乐府诗集》载四首，不著作者，则亦无名平民之歌也。余颇喜后二首：

阳春二三月，相将踏百草。
逢人驻步看，扬声皆言好。

暂出后园看，见花多忆子。
乌鸟双双飞，侬欢今何在？

二首一写欢聚之乐，一伤离别之苦，并读之，令人生无限感喟。

（11）《青阳度》《乐府诗集》载三首，皆可歌，录一首：

青荷盖绿水，芙蓉披红鲜。

下有并根藕，上生并目莲。

（12）《青骢白马》《乐府诗集》载八首，每首七言二句，格调极别致。录二首：

> 问君可怜下都去，何得见君复西归？
> 齐唱可怜使人感，尽夜怀欢何时忘！

（13）《共戏乐》 亦七言二句，《乐府诗集》著四首，余唯爱第三首：

> 长袖翩翩若鸿惊，纤腰袅袅会人情。

（14）《安东平》《乐府诗集》著五首，每首四言四句，在南朝乐府中，亦别具格调。今亦略举二首：

> 微物虽轻，拙手所作。余有三丈，为郎别厝。
> 制为轻巾，以奉故人。不持作好，与郎拭尘。

（15）《女儿子》《乐府诗集》著二首，第一首为：

> 巴东三峡猿鸣悲，夜鸣三声泪沾衣。

按此见郦道元《水经注》引《宜都山水记》，谓为渔人之歌。郦道元为北魏人，《宜都山水记》不知何人作，然必在郦氏之前，最后亦必不后于郦氏，故余于《歌谣编》系于晋代。今乐府又以为《女儿子》。盖乐府不唯采当世歌谣及文人作品，亦采前世歌谣及文人作品，故每一歌入数乐，或剿同古人之词也。不唯此篇，《来罗》第二首：

> 君子防未然，莫近嫌疑边。

瓜田不蹑履，李下不正冠。

亦纯乎割裂汉乐《君子行》之首四句以成也。

第二首为：

我欲上蜀，蜀水难，蹈蹀珂头腰环环。

（16）《来罗》《乐府诗集》著四首，第二首即"君子防未然"。余三首录第一首：

郁金黄花标，下有同心草。
——草生日已长，人生日就老。

（17）《那呵滩》《乐府诗集》著六首，余最好第四、五两首；一问一答，顽痴可爱。

闻欢下扬州，相送江津湾。
愿得篙橹折，交郎到头还！

篙折当更觅，橹折当更安。
各自是官人，那得到头还？

（18）《孟珠》《乐府诗集》曰："一曰《丹阳孟珠歌》。"共十首，择其最佳者录三首：

阳春二三月，草与水同色。
攀条摘香花，言是欢气息。

望欢四五年，实情将懊恼。
愿得无人处，回身与郎抱！

　　　　将欢期三更，合冥欢如何？
　　　　走马放苍鹰，飞驰赴郎期。

　　（19）《翳乐》《古今乐录》曰："《翳乐》一曲，《倚歌》二曲。"今《乐府诗集》著一曲，又同前二曲，疑所谓同前二曲，即《倚歌》二曲。《倚歌》之制，依《古今乐录》"悉用铃鼓，无弦有吹"。《乐府诗集》卷四十九引。《翳乐》一曲，词曰：

　　　　人生欢爱时，少年新得意。
　　　　一日不相见，辄作烦冤思。

　　《倚歌》二曲，其第二曲为：

　　　　人言扬州乐，扬州信自乐。
　　　　总角诸少年，歌舞自相逐。

　　（20）《夜黄》　只有一曲，然亦略有可观。

　　　　湖中百种鸟，半雌半是雄。
　　　　鸳鸯逐野鸭，恐畏不成双。

通篇比体，本意已可于言外见之。
　　（21）《夜度娘》　亦只一曲：

　　　　夜来冒霜雪，晨去履风波。
　　　　虽得叙微情，奈侬身苦何！

　　（22）《长松标》　亦只一曲：

　　　　落落千丈松，昼夜对长风。
　　　　岁暮霜雪时，寒苦与谁双！

（23）《双行缠》 只二曲：

朱丝系腕缠，真如白雪凝。
非但我言好，众情共所称。

新罗绣行缠，足趺如春妍。
他人不言好，独我知可怜。

（24）《黄督》 亦只二曲，第二首极无味，录第一首：

乔客他乡人，三春不得归。
愿看杨柳树，已复藏斑雏。

（25）《平西乐》 只一曲：

我情与欢情，二情感苍天。
形虽胡越隔，神交中夜间。

（26）《攀杨枝》 亦只一曲。《乐府诗集》引《乐苑》曰：
"《攀杨枝》，梁时作。"

自从别君来，不复著绫罗。
画眉不注口，施朱当奈何？

（27）《寻阳乐》 亦只一曲：

鸡亭故侬去，九里新侬还。
送一却迎两，无有暂时闲。

（28）《白附鸠》 只二曲，并吴均作。《古今乐录》曰："亦曰《白浮鸠》，本《拂舞曲》也。"据此知前谓一歌或入数乐为不误也。兹录第一首：

> 石头龙尾弯，新亭送客渚。
> 沽酒不取钱，郎能饮几许？

（29）《拔蒲》 只二曲，似为一篇之两章。

> 青蒲衔紫茸，长叶复从风。
> 与君同舟去，拔蒲五湖中。

> 朝发桂兰渚，昼息桑榆下。
> 与君同拔蒲，竟日不成把。

由"竟日不成把"五字中，知彼等醉翁之意不在酒，特以拔蒲为题目耳，宛妙之极。

（30）《寿阳乐》《古今乐录》曰："《寿阳乐》者，宋南平穆王为豫州所作也。……按其歌辞，盖叙伤别望归之思。"共九曲，余酷爱者有二首，一：

> 辞家远行去。空为君，明知岁月驶！

真古人所谓"句句断，句句转"也，何等经济！若以新诗格式书之，其呜咽宛转之妙，更易觑得出也。

> 辞家远行去。——
> 空为君。——
> 明知岁月驶！

又一首，则颇类小词，今亦以新诗格式写下：

夜相思，
望不来！
人乐，——
我独悲！

（31）《作蚕丝》　共四曲，余爱二、三两曲：

春蚕不应老，昼夜常怀丝。
何惜微躯尽，缠绵自有时。

绩丝初成茧，相思条女密。
投身汤水中，贵得共成匹。

前一首以"丝"字双关"思"字。后一首以布匹之"匹"双关匹配之"匹"。

（32）《杨叛儿》　叛一作伴。《唐书·乐志》曰："《杨伴儿》本童谣歌也。齐隆昌时，_{郁林王元号，只一年，当西历494年。}女巫之子曰杨旻，少时随巫入内，及长，为何后宠。童谣云：'杨婆儿，共戏来所欢。'语讹遂成杨伴儿。"《乐府诗集》著无姓名者八曲，梁武帝一曲。采无姓名者二曲：

暂出白门前，杨柳可藏乌。
欢作沉水香，侬作博山炉。

落秦中庭生，只知非好草。
龙头相钩连，见枝如欲绕。

按前一首，又见《读曲歌》，亦一歌入数乐之证也。

（33）《西乌夜飞》《古今乐录》曰："《西乌夜飞》者，宋元徽_{废帝元号}五年（477），荆州刺史沈攸之所作也。攸之举兵发荆州东下，未败之前，思归京师，所以歌和云：'白日落西山，还

去来。'送声云：'折翅乌，飞何处？被弹归。'"按《乐府诗集》
载五曲，无此歌，则非攸之所作者矣。其词皆极委宛缠绵之至，
姑录三首：

> 日从东方出，团团鸡子黄。
> 夫妇恩情重，怜欢故在傍。

> 阳春二三月，诸花尽芳盛。
> 持底唤欢来？花笑莺歌咏。

> 感郎崎岖情，不复自顾虑。
> 臂绳双入结，遂成同心去。

（34）《月节折杨柳歌》 此歌按十二月每月一歌，又有闰月
一歌，似为后世《十二月》等歌之祖也。兹选录四首：

正月歌

春风尚萧条，去故来入新，苦心非一朝。折杨柳，愁思满腹
中，历乱不可数！

五月歌

菰生四五尺，素身为谁珍？盛年将可惜。折杨柳，作得九子
粽，思想劳欢手。

九月歌

甘菊吐黄花，非无杯觞用，当奈许寒何？折杨柳，授欢罗衣
裳，含笑言"不取"。

十二月歌

天寒岁欲暮，春秋及冬夏，苦心停欲度。折杨柳，沉乱枕席
间，缠绵不觉久。

4.《江南弄》《古今乐录》曰："梁天监十一年冬（512），武帝改《西曲》制《江南》《上云乐》十四曲。《江南弄》七曲：一曰《江南弄》，二曰《龙笛曲》，三曰《采莲曲》，四曰《凤笙曲》，五曰《采菱曲》，六曰《游女曲》，七曰《朝云曲》。又沈约作四曲：一曰《赵瑟曲》，二曰《秦筝曲》，三曰《阳春曲》，四曰《朝云曲》，亦谓之《江南弄》云。"据此，《江南弄》《上云乐》皆导源于《西曲》也。今按梁武帝《江南弄》七曲，俱存于《乐府诗集》《古诗纪》等书，选录二首：

江南弄

众花杂色满上林，舒芳耀绿垂轻阴，连手蹀躞舞春心。舞春心，临岁腴，中人望，独跰蹒。

采菱曲

江南稚女珠腕绳，金翠摇首红颜兴，桂棹容与歌《采菱》。歌《采菱》，心未怡，翳罗袖，望所思。

沈约四首，亦选录一首：

阳春曲

杨柳垂地燕差池，缄情忍思落容仪，弦伤曲怨心自知。心自知，人不见，动罗裙，拂珠殿。

又有昭明太子三首，亦录一首：

采莲曲

桂楫兰桡浮碧水，江花玉面两相似，莲疏藕折香风起。香风起，白日低，《采莲曲》，使君迷。

此外尚有六代《采莲曲》《采菱歌》《采菱曲》多篇，其格式与此迥异，想非仍袭一谱。但今乃述其歌词，非论其乐谱，故调之同否不计，而歌词则不能略也。故亦附举数首：

梁元帝《采莲曲》

　　碧玉小家女，来嫁汝南王。莲花乱脸色，荷叶杂衣香。因持荐君子，愿袭芙蓉裳。

鲍照《采菱歌》七首之第三首：

　　暧阔逢暄新，凄怨值妍华。秋心殊不那，一作秋心不可荡。春思乱如麻。

5.《上云乐》《古今乐录》曰："《上云乐》七曲，梁武帝制以代《西曲》：一曰《凤台曲》，二曰《桐柏曲》，三曰《方丈曲》，四曰《方诸曲》，五曰《玉龟曲》，六曰《金丹曲》，七曰《金陵》。"按七曲亦存于《乐府诗集》《古诗纪》等书，但率皆呆板无生气。考其词意，似为祭神求仙之乐。在媚秀纤丽、儿女靡靡之六代歌曲中，突出此无灵性之死文学，亦可谓鸡立鹤群矣。略举一首，藉以见梁武帝之长于文学，尤不能工，则郊天、祠庙、祭神、求仙之文，可称为有韵歌诀，毫无文学价值可知矣。

方丈曲

　　方丈上，峻层云。把八玉，御三云。金书发幽会，碧简吐玄门。至道虚凝，冥然共所遵。

　　民歌童谣之中，尤以恋歌为最，每以同音之字，作双关之用，于《歌谣编》《清代歌谣》。已论之矣。南朝乐府，其初本多为歌谣，故亦时有此种歌词。前所引之《作蚕丝》，以"丝"表"思"，以布匹之"匹"表匹配之"匹"，即属此类。以外各种乐歌，亦屡屡见之。兹分别选举于下：

子夜歌

见娘喜容媚，愿得结金兰。
空织无经纬，求匹理自难。
前丝断缠绵，意欲结交情。
春蚕易感化，丝子已复生。
高山种芙蓉，复经黄檗坞。
果得一莲时，流离婴辛苦。
寝食不相忘，同坐复俱起。
玉藕金芙蓉，无称我莲子。

子夜夏歌

朝登凉台上，夕宿兰池里。
乘月采芙蓉，夜夜得莲子。

七日夜女歌

婉娈不终夕，一别周年期。
桑蚕不作茧，昼夜长悬丝。

懊侬歌

我有一所欢，安在深阁里。
桐树不结花，何由得梧子？

读曲歌

上树摘桐花，何悟枝枯燥。
迢迢空中落，遂为梧子道。
种莲长江边，藕生黄檗浦。
必得莲子时，流离经辛苦。

其他尚多，不备引。大约最普通者，以"丝"双关"思"，以
"莲"双关"恋"，以"藕"双关"偶"，以"梧子"双关"吾

子"，以布匹之"匹"双关匹配之"匹"。此法不知创自何人，始自何代，然据知六代亦盛行矣，汉魏以前则无有也。

*   *   *

（二）文人仿古乐府　　以上所述，皆南朝之创作乐府；以下述南朝之仿效乐府。其创作之乐府，作者多为不知名之平民，盖皆情蕴于中，不能不吐之于外，于是用当时极通行之俚曲，将自己极实在之情感，歌咏出来，纯为极自然，极诚实，极不矫揉，极不造作之呼声。虽间有文人之作，其性质亦与此略相等。

其仿效之乐府，则与此全异：作者皆为文人学士，其格调摹仿古昔，其字句力求美丽。虽不能谓全无情感，然大半皆为作乐府而作乐府，非为情感需要而作乐府。且限于格调，汩于字句，即有情感，亦难得充分之表现。故其篇幅较创作者为长，修词较创作者为工，而吾人读创作者，为之喜，为之哭，为之陶醉，为之销魂，为之手舞足蹈，为之情思缠绵。读仿效者，则虽不尽味同嚼蜡，然亦难得若何感动。王静安先生《人间词话》曰："文体通行既久，染指遂多，自成习套，豪杰之士亦难于其中自出新意，故遁而作他体，以自解脱。一切文体所以始盛中衰者，皆由于此。故谓文学后不如前，余未敢信；但就一体论，则此说固无以易也。"由此知刻意仿效某人、仿效某体、仿效某派者无论古人、今人、中人、外人、新体、旧体、新派、旧派。之可以已也。

窃尝以为文学乃人生之呼声，就内容言，有如何情感，即说如何言语，丝毫不可躲避，丝毫不可虚假。一或躲避，则言不尽致，不能沁人脾肝。一或虚假，则麻木不仁，使读者生厌。就形式言，宜极端自然，丝毫不可造作。一或造作，则真气已丧，真意已失。情感蓄于中，言词溢于外，脱口而出，自然流露。歌兴之来也，不抑之；歌兴之未来也，不迎之。发为新诗，则写为新诗；发为古诗，则写为古诗；发为词曲，则写为词曲；发为既非词曲，又非古诗，又非新诗，则写为既非词曲，又非古诗，又非新诗之诗。不强诗为词，亦不强词为诗，不矫揉以就古，亦不矫揉以就今：总之，以"自然"为宗。故诗歌是"唱"出来者，非"作"出来者；作出来者，决不能为上等文学。

曰，如此极端自然，又何必读他人之文，诵他人之词乎？曰，读他人之文，诵他人之词，乃所以陶冶自己之文学兴趣，涵养自己之文学技术，非欲其为东施效颦、邯郸学步；但颦似西施，步若邯郸，亦不故意改作，必使不同也。

因比较南朝创作乐府与仿效乐府，旁溢横出，漫为妄论，读者得无谓骈拇枝指乎？"闲话休提，言归正传。"南朝仿效乐府，宋代余举二谢二鲍为代表：

谢灵运，晋孝武时袭封康乐公，累迁黄门侍郎。及宋受晋禅，降爵为侯，起为散骑常侍等官。文帝时称疾归，好寻山陟险。会稽太守孟𫖮表其有异志。帝惜其才，授临川内史。复为有司所纠，从广州，寻以事诏就广州弃市。年四十九。有《晋书》三十六卷、《集》二十卷。其所作仿古乐府，今存者二十许篇，举《悲哉行》：

> 萋萋春草生，王孙游有情。差池燕始飞，天袅桃一作柳。始荣。灼灼桃悦色，飞飞燕弄声。檐上云结阴，涧下风吹清。幽树虽改观，终始在初生。松茑欢蔓延，樛葛欣累萦。眇然游宦子，晤言时未并。鼻感改朔气，眼一作心。伤变节荣。侘傺岂徒然，澶漫绝音形。风来不可托，鸟去岂为听？

谢惠连，史载十岁能属文。文帝元嘉元年（425），为彭城王法曹参军。年三十七卒。有《集》六卷。所为拟古乐府，有四言者、五言者、七言者，又有杂言者。今举杂言者一首《鞠歌行》：

> 翔驰骑，千里姿，伯乐不举谁能知？南荆璧，万金贶，卞和不斫与石离。年难留，时易陨，厉志莫赏徒劳疲。沮齐音，溺赵

吹，匠石善运郢不危。古绵眇，理参差，单心慷慨双泪垂。

此首格调，与《荀子·成相篇》相似，今盛行之鼓儿词几全为此体也。

鲍昭，《宋书》作照，字明远。世祖时，为中书舍人。临海王子顼为荆州，以为前车参军。子顼败，为乱军所杀。陈振孙《直斋书录解题》谓唐人避武后讳，改为昭。史称文词赡逸，尤长于乐府。其乐府存于今者数十篇，可谓多矣。余爱其《拟行路难》十八首，《乐府诗集》作十九首，兹举其第一、第三两首：

> 奉君金卮之美酒，玳瑁玉匣之雕琴。
> 七彩芙蓉之羽帐，九华蒲萄之锦衾。
> 红颜零落岁将暮，寒光宛转时欲沉。
> 愿君裁悲且减思，听我抵节行路吟。
> 不见柏梁铜雀上，宁闻古时清吹音？

> 璇闺玉墀上椒阁，文窗绣户垂绮幕。
> 中有一人字金兰，被服纤罗蕴芳藿。
> 春燕差池风散梅，开帷对影弄禽爵。
> 含歌揽涕恒抱愁，人生几时得为乐。
> 宁作野中之双凫，不愿云中之别鹤。

慷慨苍凉，在六代绮靡纤丽之中，能别树一帜，亦豪杰之士也。此等歌，盖为李杜所取法，故李杜歌行，多与此相肖。杜之称李，言"俊逸鲍参军"，可知李似参军，杜氏已有定论；而杜氏之景仰参军，亦可见之矣。

鲍照有妹曰令晖。据《小名录》，令晖乃其字，名未闻。言："有才思，亚于明远，著《香茗赋集》行世。"《诗品》言："令晖歌诗，往往崭绝清巧，拟古尤胜，唯《百愿》淫矣。昭尝答孝武云：'臣妹才自亚于左芬，臣才不及太冲尔。'"所谓拟古者，即拟古乐府，今存者才数首。余颇喜其《拟青青河畔草》：

> 袅袅临窗竹，蔼蔼垂门桐。
> 灼灼青轩女，泠泠高台中。
> 明志逸秋霜，玉颜掩春红。
> 人生谁不别，恨君早从戎。
> 鸣弦惭夜月，绀黛羞春风。

齐代余举二人为代表，曰王融、谢朓。

据《南齐书》，王融，字元长，少警慧，博涉多通。仕武帝，郁林王即位，下狱赐死。年才二十七。《诗品》称其"词美英净"。行世有《集》十卷，其中多乐府歌词。今举《有所思》：

> 如何有所思，而无相见时？
> 宿昔梦颜色，阶庭寻屡蓦。
> 高张更何已？引满终自持。
> 欲知忧能老，为视镜中丝。

谢朓，字玄晖。解褐豫章王行参军，稍迁至吏部尚书郎。东昏侯永元初，江佑谋立始安王遥光，引以为党，不从，收下狱死。今有《集》十二卷、《逸集》一卷。其中乐府亦有数十首，举《蒲生篇》：

> 蒲生广湖边，托身洪波侧。
> 春露惠我泽，秋霜缛我色。
> 根叶从风浪，常恐不永植。
> 摄生各有命，岂云智与力。
> 安得游云上，与尔同羽翼。

梁武帝、简文帝、元帝，累世右文，崇尚诗词，与曹魏三祖，后先映耀。昭明太子，建文选楼，接引才俊，比之许都洛下，毫无愧色。故萧梁一代比较可述。余举三祖及沈约、庾肩吾、吴均为代表。

武帝名衍，字叔达，小字练儿。虽亲万机，不废吟咏。史载所著书极多，文学一类，有《集》三十二卷、《诗赋集》二十卷、《净业赋》三卷、《杂文集》九卷、《别集目录》二卷。其仿古乐府，举《有所思》：

> 谁言生离久，适意丁福保谓意当作忆。与君别？
> 衣上芳犹在，握里书未灭。
> 腰中双绮带，梦为同心结。
> 常恐所思露，瑶华未忍折。

简文帝，武帝第三子，史称其辞藻艳发，然文伤轻靡。著书甚多，有《集》八十五卷。其乐府举《棹歌行》：

> 妾家住湘川，菱歌本自便。
> 风生解刺浪，水深能捉船。
> 叶乱由牵荇，丝飘为折莲。
> 溅妆疑薄汗，沾衣似故湔。
> 浣纱流暂浊，汰锦色还鲜。
> 参同赵飞燕，借问李延年。
> 从来入弦管，谁在《棹歌》前？

元帝，武帝第七子，有《集》五十二卷、《小集》十卷。所为诗歌，比简文帝更为轻靡。拟古乐府今举《关山月》：一作《伤别离》。

> 朝望清波道，夜上白登台。
> 月中含桂树，流影自徘徊。
> 寒沙逐风起，春花犯雪开。
> 夜长无与晤，衣单谁为裁！

沈约仿古乐府，今存者不下数十首。南朝古乐府，无病呻吟，千篇一律，上者如石刻美人，形体虽丽，神态则无，读之毫无情感。故愈多愈觉可厌。沈约继周颙之绪，究切四声，又多一层枷锁，故其刻画更工，其精神更无，今择较佳者录一首：

> 洛阳大道中，佳丽实无比。
> 燕裙傍日开，赵带随风靡。
> 领上蒲萄绣，腰中合欢绮。
> 佳人殊未来，薄暮空徙倚。

庾肩吾，字子慎。初简文帝在藩，雅好文士，肩吾亦预其选。简文即位，肩吾为度支尚书。有《集》十卷。其仿古乐府，举《赋得有所思》：

> 佳期竟不归，春日坐芳菲。
> 拂匣看离扇，开箱见别衣。
> 井梧生未合，宫槐卷复稀。
> 不及衔泥燕，从来相逐飞。

吴均，亦作吴筠，字叔庠。所为拟古乐府，究极绮靡，后进摹仿，成为风气，谓之吴均体。唯所为《行路难》五首，尚比较有生气，今举其第三首：

> 君不见西陵田，从横十字成陌阡！
> 君不见东郊道，荒凉芜没起寒烟！
> 尽是昔日帝王处，歌姬舞女达天曙。
> 今日翩妍少年子，不知华盛落前去。
> 吐心吐气许他人，今旦回惑生犹豫。
> 山中桂树自有枝，心中方寸自相知。
> 何言岁月忽若驰，君之情意与我离！

还君玳瑁金雀钗，不忍见此使心危。

陈代余举二人为代表，曰陈后主及其臣江总。

后主荒于酒色，姿情翰墨，有《集》三十九卷。拟古乐府，举《有所思》三首之第一首：

> 荡子好兰期，留人独自思。
> 落花同泪脸，初月似愁眉。
> 阶前看草蔓，窗中对网丝。
> 不言千里别，复是三春时。

江总，字总持。史言后主时，历仕尚书令，不持政务，但日与后主随宴后庭，多为艳诗。斯亦可谓难君难臣矣。其乐府余举《病妇行》：

> 窈窕怀贞室，风流挟琴妇。
> 唯将角枕卧，自影啼妆久。
> 羞开翡翠帷，懒对蒲萄酒。
> 深悲在缣素，托意忘箕帚。
> 夫婿府中趋，谁能大垂手？

南朝之仿古乐府，睹此亦可略见一斑矣。仿效之作，品类万殊，大别有二：一、虽为仿效，而能推陈出新；二、句摹字拟，完全因袭。前者尚稍有价值，后者真徒词费耳。今所举南朝之仿古乐府，皆属前者。其属于后者，当然极多，以无价值，故不采。如《长安有狭斜行》古辞一首，后世摹拟者，有陆机一首、谢惠连一首、荀昶一首、梁武帝一首、梁简文帝一首、沈约一首、庾肩吾一首、王囿一首、徐防一首、张正见一首、王褒一首，共十二首。皆言某地有歧路，或有曲陌、通逵，如何二人相遇，如何问家居何处，如何言家中境况，字句小有变更，格律意境，则全然相同。再如《三归艳诗》有刘铄、王融、昭明太子、沈约、王筠、吴均、刘孝绰、张正见、董思恭、王绍宗各一首，又有陈后主一人所作者十一首，共二十一首。皆言大妇如何，中妇如何，小妇如何。在作者容自以为得意，而今视之，只有麻木不堪，望而生厌耳。斯摹拟文学之下下者，而六代文人则争先恐后以效之，后世逐臭之夫，亦据此谓六代为文学全盛时期，吁可叹也！

＊　　　＊　　　＊

（三）附《木兰诗》作于唐代考　六代乐府，其真伪问题，不若两汉之纠纷。唯有人人称诵、妇孺皆知之《木兰诗》，旧以为梁人作，而实唐人作，不可以不辩。今先将词录下：

> 唧唧复唧唧，木兰当户织。不闻机杼声，惟闻女叹息。问女何所思？问女何所忆？"女亦无所思，女亦无所忆。昨夜见军帖，可汗大点兵。军书十二卷，卷卷有耶名。阿耶无大儿，木兰无长兄。愿为市鞍马，从此替耶征。"
>
> 东市买骏马，西市买鞍鞯，南市买辔头，北市买长鞭。旦辞耶娘去，暮宿黄河边。不闻耶娘唤女声，但闻黄河流水声溅溅。旦辞黄河去，暮宿黑山头。不闻耶娘唤女声，但闻燕山胡骑声啾啾。
>
> 万里赴戎机，关山度若飞。朔气传金柝，寒光照铁衣。将军百战死，壮士十年归。
>
> 归来见天子，天子坐明堂。策勋十二转，赏赐百千强。可汗问所欲？"木兰不用尚书郎；愿借明驼千里足，送儿还故乡。"
>
> 耶娘闻女来，出郭相扶将。阿姊闻妹来，当户理红妆。小弟闻姊来，磨刀霍霍向猪羊。开我东阁门，坐我西阁床。脱我战时袍，著我旧时裳。当窗理云鬓，对镜贴花黄。出门看火伴，火伴皆惊惶。"同行十二年，不知木兰是女郎。"
>
> 雄兔脚扑朔，雌兔眼迷离。双兔傍地走，安能辨我是雄雌？

尚有唐韦元甫一首，亦录下以资比较考辨：

木兰抱杼嗟，借问复为谁：欲闻所戚戚，感激强其颜："老父隶兵籍，气力日衰耗，岂足万里行？有子复尚少。胡沙没马足，朔风裂人肤。老父旧羸病，何以强自扶？"

木兰代父去，秣马备戎行。易却纨绮裳，洗却铅粉妆。驰马赴军幕，慷慨携干将。朝屯雪山下，暮宿青海傍。夜袭燕支虏，更携于阗羌。将军得胜归，士卒还故乡。

父母见木兰，喜极成悲伤。木兰能承父母颜，却御巾韝理丝簧。昔为烈士雄，今复娇子容。亲戚持酒贺，父母始知生子与男同。

门前旧军督，十年共崎岖。本结兄弟交，死战誓不渝。今也见木兰，言声虽是颜貌殊。惊愕不敢前，叹重徒嘻吁。

世有臣子心，能如木兰节。忠孝两不渝，千古之名焉可灭！

按《乐府诗集》统以二曲入《梁鼓角横吹曲》，引《古今乐录》曰："木兰不知名，浙江西道观察使兼御史中丞韦元甫续附入。"又曰："歌辞有《木兰》一曲，不知起于何代也。"《文苑英华》则二首并题韦元甫。

据此，《木兰诗》始由韦元甫传出，余疑皆韦氏一人之作，亦犹刘商作《胡笳》三十六首，以十八首属蔡琰耳，《英华》所题固不误。以《英华》为误者，清有沈德潜，于所撰《古诗源》曰："唐人韦元甫有拟《木兰诗》一篇，后人并以此篇为韦作，非也。韦系中唐人，杜少陵《草堂》一篇，后半全用此诗章法矣。断以梁人作为允也。".

按以杜《草堂》诗用此篇章法，始于刘后村，《后村诗话》曰："子美《草堂诗》'大官喜我来'四韵，其体盖用《木兰诗》'耶娘闻我来，出郭相扶将。阿姊闻妹来，当户理红妆。小弟闻姊来，磨刀霍霍向猪羊。'"考杜诗原句为："旧犬喜我归，低徊入衣裾。邻舍喜我归，酤酒携胡卢。大官喜我来，遣骑问所须。城郭喜我来，宾客隘邱墟。"此两诗章法固然相似，但乌知非此诗作者用《杜诗》章法，而必谓《杜诗》用此诗章法？

且诗中"策勋十二转"，纯为唐时勋官制度。据《唐六典》：西魏之末，始置柱国，用旌戎秩。后周建德四年，初置上大将军，上开府，仪同三司，开府仪同三司，上仪同三司，仪同三司，上柱国，柱国之制，以赏勋劳。是后周已开累转之渐，唯转授之制未详，其等级之分别，亦不可晓。至隋开皇初，置上柱国为从一品，柱国为正二品，上大将军从二品，大将军正三品，上开府仪同三司从三品，开府仪同三司正四品，上仪同三司从四品，仪同三司正五品，大都督正六品，帅都督从六品，都督正七品，总十一等，以酬勤劳。是勋绩高下，至隋始分别规定。然十一等，与十二转之数不合。唐因隋制，凡勋十二等：十二转为上柱国比正二品，十一转为柱国比从二品，十转为上护军比正三品，九转为护军比从三品，八转为上轻车都尉比正四品，七转为轻车都尉比从四品，六转为上骑都尉比正五品，五转为骑都尉比从五品，四转为骁骑尉比正六品，三转为飞骑尉比从六品，二转为云骑尉比正七品，一转为武骑尉比从七品。于是勋官十二转之制始备。则此诗作于唐代无疑。姚大荣在《东方杂志》第二十二卷第二号发表《木兰从军时地表微》，谓十二当为十一之误，以伊谓作于隋代故也。改书就己，武断之极。

既作于唐代，又至韦元甫始传出，且与韦元甫所作一首，风格相似，则谓其出之元甫之手，当不致大误。

二　北　朝

（一）平民创作乐府　晋室南迁，五胡内犯，我华族受其涂炭，遭其蹂躏，在民族史上实为极残酷之一页，而在文学史上则为极灿烂之一页，极关重要之一页。

于时南北并峙，一切文化习尚，皆分道扬镳。只以文学而论，南北均有乐歌，而其风味截然不同。故施肩吾《古曲》云：

> 可怜江北女，惯唱江南曲。
> 摇荡木兰舟，双凫不成浴。

考《吴歌阿子歌》有"念我双飞凫，饥渴常不饱"。"凫"字双关"夫"字，以夫、凫音同。北人不知读"凫"为"夫"，故不成其欲浴。江北女已不解南曲，北方新入中国之异族，对南曲更根本不能明了。所以北歌《折杨柳歌辞》曰：

> 遥望孟津河，杨柳郁婆娑。
> 我是虏家儿，不解汉儿歌。

则南北乐府文学之不同可知。

《乐府诗集》无北歌之目，有梁《鼓角横吹曲》，实即北歌，非梁歌。《古今乐录》曰："《梁鼓角横吹曲》有《企喻》《琅玡王》《钜鹿公主》《紫骝马》《黄淡思》《地驱乐》《雀劳利》《慕容垂》《陇头流水》等歌三十六曲；二十五曲有歌有声，十一曲有歌。是时乐府《胡吹旧曲》有《太白净皇太子》《小白净皇太子》《雍台》《擒台》《胡遵》《利荆女》《淳于王》《捉搦》《东平刘生》《单迪历》《鲁爽》《半和企喻》《北敦》《胡度来》十四曲；三曲有歌，十一曲亡。又有《隔谷》《地驱乐》《紫骝马》《折杨柳》《幽州马客吟》《慕容家自鲁企由谷》《陇头》《魏高阳王乐人》等歌二十七曲，合前三曲，凡三十曲，总六十六曲。"名之曰《胡吹旧曲》，则此等皆胡曲可知。且其歌中时见北方地名，更可为北歌之铁证。

北歌逐渐演化之迹，同学徐君中舒以为可分三期说明：一，创作时期，此为异族初入中国之北歌；二，蜕化时期，此为渐次同化于汉人之北歌；三，成立时期，此为完全同化于汉人之北歌，作者或为汉人，或为异族，其辞已不可分别。见《东方杂志》第二十二卷第十四号，徐君《木兰歌再考》。然按之全部北歌，蜕分时期与成立时期，无明晰之分野，故今分为二期研究：

（1）虏歌时期

（2）汉歌时期

兹先述虏歌时期：此指用虏音咏唱之歌；凡初入中国所作，及原有之虏歌皆属之。时当燕代之际，晋怀、愍以后，康、穆以前，西历约300年至360年左右。

《旧唐书·乐志》曰："北狄乐，其可知者，鲜卑，吐谷浑，部落稽三国，皆马上乐也。后魏乐始有北歌，即所谓《真人代歌》是也。代都时，命掖庭宫女晨夕职之。周隋世，与西凉乐杂奏。今存者五十三章，其名可解者六章，《慕容可汗》《吐谷浑》《部落稽》《钜鹿公主》《白净皇太子》《企喻》是也。其不可解者，咸多可汗之辞，此后魏所谓《簸罗回》者也，其曲亦多可汗之辞。北虏之俗，呼主为可汗，吐谷浑又慕容别种，知此歌是燕魏之际，鲜卑歌也。其词虏音，竟不可晓。《梁胡吹》又有《大白净皇太子》《小白净皇太子》《企喻》等曲，《隋鼓吹》有《白净皇太子曲》，与北歌校之，其音皆异。"

按曰"代都时"云云，则诸歌之起，在称代之时，谓之为"燕魏之际鲜卑歌"者，盖以代后改称魏也，非谓此歌起称魏后也。

《旧唐书》所云《真人代歌》五十三章及《簸罗回》，其词皆亡。《乐府诗集》著《企喻》《钜鹿公主》。然《唐书·乐志》言："梁有《钜鹿公主歌》，似是姚苌时歌，其词葬音，与北歌不同。"《企喻歌》，《新唐书·乐志》题为《太子企喻》，题已不同。《乐府诗集》引或云："《男儿可怜虫》一曲，是苻融诗。"

所谓可解者六章，今已无词，不知其可解程度何若。以其同为《真人代歌》，疑亦同为"多可汗之辞，北虏之俗"之鲜卑歌；不过既云"多可汗之辞"，则其中亦必少杂汉音；此六章者，当为杂汉音之较多者，故勉强可解；其大体固鲜卑歌也。

次述汉歌时期：此指胡人用汉音，及汉人染胡风所发表之歌。时当元魏及北齐北周，南朝为晋穆、哀以后，至陈之灭亡，西历约360年至580年左右。至此而北歌已完全成立，至此而北歌始可与南歌对抗。

此时期之北歌，存者有《企喻》《琅玡王》《钜鹿公主》《黄淡思》《雀劳利》《慕容垂》《陇头流水》《隔谷》《淳于王》《东平刘生》《捉搦》《折杨柳》《幽州马客吟》《折杨柳枝》《慕容家自鲁企由谷》《陇头》《高阳乐人》各一种，《紫骝马》二种，《地驱》一种，共二十一种。今分别选录于下：

（1）《企喻歌辞》《古今乐录》曰："《企喻歌》四曲。"

> 男儿欲作健，结伴不须多。
> 鹞子经天飞，群雀向两波。
>
> 放马大泽中，草好马著膘。
> 牌子铁裲裆，鉾鉾鹞尾条。
>
> 前行看后行，齐著铁裲裆。
> 前头看后头，齐著铁钚鉾。
>
> 男儿可怜虫，出门怀死忧。
> 尸丧狭谷中，白骨无人收。

据《乐府诗集》引或云："最后'男儿可怜虫'一曲，是苻融诗。本云：'深山解谷口，把骨无人收。'"今后二句所以少改变者，盖以迁就乐调也。

（2）《琅玡王歌辞》《古今乐录》言八曲，《乐府诗集》亦载八曲，今选录四曲：

新买五尺刀，悬着中梁柱。
一日三摩娑，剧于十五女。

东山看西水，水流盘石间。
公死姥更嫁，孤儿甚可怜。

客行依主人，愿得主人强。
猛虎依深山，愿得松柏长。

怆马高缠鬃，遥知身是龙。
谁能骑此马，唯有广平公。

　　按《晋书·载记》，广平公，姚兴之子，泓之弟也。则此盖姚秦时歌也。
　　（3）《钜鹿公主歌》《唐书·乐志》曰："梁有《钜鹿公主歌》，似是姚苌时歌。"《乐府诗集》著三曲，录二曲：

官家出游雷大鼓，细乘犊车开后户。
车前女子年十五，手弹琵琶玉节舞。

　　（4）《黄淡思歌辞》　共三曲，录二曲：

心中不能言，腹作车轮旋。
与郎相知时，但恐傍人闻。
江外何郁拂，龙洲广州出。
象牙作帆樯，绿丝作帏繂。
绿丝何葳蕤，逐郎归去来。

　　（5）《慕容垂歌辞》　三曲录一：

慕容攀墙视，吴军无边岸。
我身分自当，枉杀墙外汉。

　　　　慕容愁愦愦，烧香作佛会。
　　　　愿作墙里燕，高飞出墙外。

　　（6）《陇头流水歌》 余疑《陇头流水歌》与《陇头歌辞》原
为一种。《陇头流水》有三曲：

　　　　陇头流水，流离西下。念吾一身，飘然旷野。
　　　　西上陇坂，羊肠九回。山高谷深，不觉脚酸！
　　　　手攀弱枝，足逾弱泥。

《陇头歌辞》亦有三曲：

　　　　陇头流水，流离山下。念吾一身，飘然旷野。

　　　　朝发欣城，暮宿陇头。寒不能语，卷舌入喉！

　　　　陇头流水，鸣声幽咽。遥望秦川，心肝断绝！

此曰《陇头歌》，而起句亦曰"陇头流水"。乐府歌词，每摘篇
中一句，或起数字名篇，盖或取首句名《陇头流水》，或取首二
字名《陇头》耳。
　　（7）《淳于王歌》 共二曲：

　　　　肃肃河中育，育我须含黄。
　　　　独坐空房中，思我百媚郎。

　　　　百媚在城中，千媚在中央。
　　　　但使心相念，高城何所妨？

　　（8）《捉搦歌》 四曲录二：

　　谁家女子能行步，反著袄襕后裙露。
　　天生男女共一处，愿得两个成翁姬。

　　黄桑柘屐蒲子履，中央有丝两头系。
　　小时怜母大怜婿，何不早嫁论家计！

　　（9）《折杨柳歌辞》　余疑《折杨柳歌辞》与《折杨柳枝歌》亦本为一种。《折杨柳歌辞》第一曲为：

　　上马不捉鞭，反折杨柳枝。
　　蹀坐吹长笛，愁杀行客儿。

《折杨柳枝歌》第一曲亦作：

　　上马不捉鞭，反拗杨柳枝。
　　下马吹长笛，愁杀行客儿。

　　除"蹀坐""下马"不关重要之数字外，完全相同，知本为一曲，后来展转传诵，或展转钞刻，于是字句微有不同。考此曲命名，盖取于"反折杨柳枝"一句，折杨柳与折杨柳枝，其意固无大别，故篇名遂小有同异。辑乐府者不察，离为两种，误矣。
　　旧作《折杨柳歌辞》者，除"上马"一曲，尚有四曲，皆可歌：

　　腹中愁不乐，愿作郎马鞭。
　　出入擐郎臂，蹀坐郎膝边。

　　放马两泉泽，忘不着连羁。
　　担鞍逐马走，何得见马骑？

> 遥看孟津河，杨柳郁婆娑。
> 我是虏家儿，不解汉儿歌。
>
> 健儿须快马，快马须健儿。
> 跸跋黄尘下，然后别雄雌。

旧作《折杨柳枝歌》者，除"上马"一曲，尚有三曲，亦皆可歌：

> 门前一株枣，岁岁不知老。
> 阿婆不嫁女，那得孙儿抱？
>
> 敕敕何力力，女子临窗织。
> 不闻机杼声，只闻女叹息。
>
> 问女何所思？问女何所忆？
> "阿婆许嫁女，今年无消息。"

（10）《慕容家自鲁企由谷歌》 仅一曲：

> 郎在十重楼，女在九重阁。
> 郎非黄鹄子，那得云中雀？

（11）《高阳乐人歌》《古今乐录》曰："魏高阳王乐人所作也。又有《白鼻䯀》，盖出于此。"共二曲：

> 可怜白鼻䯀，相将入酒家。
> 无钱但共饮，画地作交赊。
>
> 何处碟觞来？两颊色如火。
> 自有桃花容，莫言人劝我。

（12）《紫骝马歌辞》 共六曲，《古今乐录》曰："'十五从军征'，以下是古诗。"按此离古诗为四曲：

> 十五从军征，八十始得归。
> 道逢乡里人："家中有阿谁？"
>
> 遥看是君家，松柏冢累累。
> 兔从狗窦入，雉从梁上飞。
>
> 中庭生旅谷，井上生旅葵。
> 舂谷持作饭，采葵持作羹。
>
> 羹饭一时熟，不知饴阿谁？
> 出门东向看，泪落沾我衣。

此原为汉代之无名古诗。据此，益知前谓乐府不唯采当时诗歌，亦采古时诗歌为不误也。但据此知此四首不足以代表北歌，故再举其前二曲：

> 烧火烧野田，野鸭飞上天。
> 童男娶寡妇，壮女笑杀人。
>
> 高高山头树，风吹叶落去。
> 一去数千里，何当还故处？

尚有一曲，《古今乐录》言"与前曲不同"：

> 独柯不成树，独树不成林。
> 念郎锦裲裆，恒长不忘心。

（13）《地驱歌乐应校乙辞》　共四曲：

> 青青黄黄，雀石颓唐。槌杀野牛，押杀野羊。

　　　　驱羊入谷，白羊在前。老女不嫁，蹋地唤天。

　　　　侧侧力力，念郎无极。枕郎左臂，随郎转侧。

　　　　摩捋郎须，看郎颜色。郎不念女，不可与力。《古今乐录》曰：
　　"或云，各自努力。"

尚有一曲，《古今乐录》曰"与前曲不同"：

　　　　月明光光星欲堕，欲来——不来——早语我！

此一曲极质朴，又极经济。

　　此外《雀劳利歌辞》《隔谷歌》，各有一首，不足观，故
不采。

＊　　＊　　＊

　　（二）文人仿古乐府　　北朝之平民乐歌，以质直伉爽胜，而
文人之作则不然。其文人作品本极少，有之则婉媚袅娜，与南
朝人所作几无分别。盖平民乐歌，作者多胡族，即汉人亦不学
无文者流，居山林旷野，与胡虏为邻，不似南人生长于山明水
秀之乡，浸渍于儿女甜蜜之境，虽在未学，亦吐属清美。故其
歌高伉，其语爽直。文人则虽在北方，而以其有文学素养，且
多汉家衣冠故族，故文美而气弱。

　　北朝文人为乐府者，在魏唯温子升比较可述。子升，字鹏
举，先为太原人，自其祖即因避难家于济阴。史称博览百家，
文章清婉。孝明熙平初（516—519），举高第，擢御史。孝庄即
位，补南主客郎。其乐府举二首：

结袜子

谁能访故剑，会自逐前鱼。

裁纫终委箧，织素空有余。

咏花蝶

素蝶向林飞，红花逐风散。
花蝶俱不息，红素还相乱。
芬芬共袭予，葳蕤从可玩。
不慰行客心，遽动离居叹。

此外，有王德者，其行历籍贯不可考。有《春词》一首，明媚可玩。

春花绮绣色，春鸟弦歌声。
春风复荡漾，春女亦多情。
爱将莺作友，怜傍锦为屏。
回头语夫婿："莫负艳阳征！"

北齐北周为乐府者，较北魏各多数倍。盖晋室南迁，故家大族，随之俱去，故北魏百数十年之间，平民乐歌之外，几无文学可言。至周齐，时代既久，故渐有能文之士。北齐文人乐府，余举魏收、裴让之为代表。

魏收，字伯起。仕魏典起居注，兼中书舍人。与温子升、邢子才齐名，世号三才。入齐于文宣、天保初，除中书令，兼著作郎。后除光禄大夫尚书右仆射。有才无行，在京洛轻薄尤甚，人号为"惊蛱蝶"。所为《后魏书》，世称秽史。又有集七十卷。其乐府不甚多，亦轻薄无精彩。举《永世乐》：

绮窗斜影入，上客酒须添。
翠羽方开美，铅华汗不沾。
关门今可下，落珥不相嫌。

裴让之，字士礼，河东闻喜人。与弟讷之字士言。俱以文名。

魏举秀才。齐受禅，封宜都县男，除清河太守。后被罪赐死。乐府才三数首，举《有所思》：

> 梦中虽暂见，及觉始知非。
> 展转不能寐，徒倚独披衣。
> 凄凄晓风急，晻晻月光微。
> 室空常达旦，所思终不归。

北周余举王褒、庾信为代表。二人皆初为梁人。褒字子深，仕梁历吏部尚书右仆射。入长安授车骑大将军。明帝即位，笃好文学，褒与庾信才名最高，特加亲待，加开府仪同三司。有集二十一卷。

庾信，字子山，肩吾之子。仕梁与徐陵并为抄撰学士，诗文并绮丽，世号"徐庾体"。入北周，累迁开府仪同三司。有集二十一卷。二人皆津溉于南朝之柔美文学，入北周睹北方山川之雄壮，原野之辽阔，览其诗歌，听其乐章，故其所作于纤丽优秀之中，寓苍凉激壮之美，已先隋唐文人，使南北文学发生化合作用矣。此种南北文学结晶品，在王褒乐府中，表现十足。如《关山篇》《从军行》（二首）、《饮马长城窟》《凌云台》《入塞》等篇，无不如此；而以《出塞》《燕歌行》两篇为最。

《出塞》一作《塞下曲》。

> 飞蓬似征客，千里自长驱。
> 塞禽唯有雁，关树但生榆。
> 背山看故垒，系马识余蒲。
> 还因麾下骑，来送月支图。

燕歌行

初春丽景莺欲娇，桃花流水没河桥。
蔷薇花开百重叶，杨柳拂地数千条。

陇西将军号都护，楼兰校尉称嫖姚。

自从昔别春燕分，经年一去不相闻。

无复汉地关山月，《乐府诗集》作长安月。唯有漠北蓟城云。

淮南桂中明月影，流黄机上织成文。

充国行军屡筑营，阳史讨虏陷平城。

城下风多能却阵，沙中雪浅讵停兵？

属国小妇犹年少，羽林轻骑数征行。

遥闻陌头采桑曲，犹胜边地胡笳声。

胡笳向暮使人泣，长望闺中空伫立。

桃花落地应依《乐府诗集》删地字。杏花舒，桐生井底寒叶疏。

试为来看上林雁，应有遥寄陇头书。

　　庾信在南朝已以绮丽著，故表现南北化合之诗歌较少，完全为南方色彩者较多。然乐府中如《燕歌行》《杨柳歌》，亦皆可以见其受北方文学之影响。《杨柳歌》洋洋二百余言，为简便起见，举较短小之《燕歌行》：

代北云气昼昏昏，千里飞蓬无复根。

寒雁嗈嗈渡辽水，桑叶纷纷落蓟门。

晋阳山头无箭竹，疏勒城中乏水源。

属国征戍久离居，阳关音信绝能疏。

愿得鲁连飞一箭，持寄思归燕将书。

渡辽本自有将军，寒风萧萧生水纹。

妾惊甘泉足烽火，君讶渔阳多一作少。阵云。

自从将军出细柳，荡子空床难独守。

盘龙明镜饷秦嘉，辟恶生香寄韩寿。

春分燕来能几日，二月蚕眠不复久。

洛阳游丝百丈连，黄河春冰千片穿。

桃花颜色好如马，榆荚新开巧似钱。

蒲桃一杯千日醉，无事九转学神仙。

定取金丹作几服，能令华表得千年。

自周秦以迄汉魏之纯文学，除半出西戎民族之《秦风》外，其风格多温柔尔雅，其对象鲜有叙述边塞战伐者；有之，自外来之鲜卑民族始。至唐而渡辽出塞，关山边徼之歌唱，遂如雨后春笋，丛生迭出；实受北方胡汉混合民族文学之影响。而首先开端者，为王褒庾信；故王褒庾信，实南北文学发生关系后之第一胎产儿也。

三 南北乐府之异同及其在文学史上之地位

（一）**异同** 南人讥北人不谙南音，北人亦自言不解汉歌，则南北两乐府截然不同，不问可知。然其不同之点何在？此治文学流变者所当亟亟推求。今分为形式、风格，及歌咏之对象三种以比较之。

1. 形式 就民歌论，北朝现存者，不足南朝者之十分二三。吾侪固知南人文而善咏，北人质而少歌。然即《古今乐录》所言，已有六十六曲。江淹《横吹赋》又云："奏《白登》之二曲，起《关山》之一引，《采菱》谢而自罢，《绿水》惭而不进。"而之数曲者，久已不见载录。知时至今日，已亡佚大半。《大子夜歌》曰："歌谣数百种，《子夜》最可怜。"今所存南朝民间乐歌，无数百种之多，则亦有亡佚矣。故比较两者之形式，似难尽得其真；然其大端则有可言者：

南北两乐歌，皆以五言四句为中坚。七言二句者，亦皆略有所见。南朝者如《青骢白马》《女儿子》，北朝者如《钜鹿公主歌》《雀劳利歌》，皆是也。七言四句者，北朝有《捉搦歌》四首，南朝民歌中则无有；有之如《乌栖曲》等，皆有主名之文人所作，然亦创作乐府，非仿古乐府，其性质与民歌固略相仿。七言六句，七言六句以上者，则南北民歌中皆无有之；有之，唯南朝有主名之文人所创作者。——此皆略相同者。

北朝时见四言四句者，如《地驱乐歌》四首，《陇头流水歌》数首皆然，南朝则不见。南朝时见杂言者——长短句者，如《月节折杨柳》等，北朝则极少。——此皆南北不同者。盖长短错综，最宜歌咏幽情；北朝四言，则多叱咤呜咽之音；其情感不同，故格形亦随之异也。

至文人之仿古乐府，则南北无大差异；以同为仿古，则所用格式，自然略同耳。

2.风格　南朝乐歌以柔婉胜，北朝乐歌以真率胜，梁任公先生论北歌曰："他们生活是异常简单，思想是异常简单，心直口直，有一句说一句，他们的情感是'没遮拦'的，你说好也罢，说坏也罢，总是把真面孔搬出来。"《中国韵文里头所表现的情感》。此言最能道出北乐风格。南乐则与此适相反：他们的生活异常优美，他们的思想异常微妙，他们指东说西，遮遮掩掩，梁简文帝《乌夜啼》曰："羞言独眠枕下流，托道单栖城上乌。"此真彼等之表情法也。姑以情歌而论，南歌"恃爱如愿进，含羞未敢前"；《子夜歌》。北歌则为"枕郎右臂，随郎转侧"《地驱歌》。矣。南歌"那能闺中绣，独无坏春情"；《子夜春歌》。北歌则为"老女不嫁，蹋地唤天"《地驱歌》。矣。南歌"借问艑上郎，见侬所欢不？"《估客乐》。北歌则为"天生男女共一处，愿得两个成翁妪"《捉搦歌》。矣。柔婉与真率之分野，显然可见。

柔婉则多隐语比兴，真率则无须乎此，故南歌有"双关"之写情法，北歌则无有也。

此亦就民歌而言，至文人之歌，则南北无大异也。

3.歌咏之对象　南乐除情歌外，无可称者；故分量虽多，实止儿女文学而已。北乐则歌咏边塞者有之，歌咏英雄豪健粗犷者流。者有之，歌咏情恋者亦有之。无论平民所唱，文人所作，莫不然也。

（二）**地位** 文学为时代之产物，亦为地方之产物，故一时代有一时代之文学，一地方亦有一地方之文学。吾国古代文学，大部产于黄河流域。周秦之际，除《二南》及《楚辞》外，几无长江一带之文学。汉魏除以赋名家之司马相如等，亦概皆北方文学。以故自《诗经》至汉魏乐府，其风格无极大之变化。至五胡乱华，晋室南渡，北则胡汉杂糅，产生极直率伉爽之文学，即所谓北乐。南则偏安江左，人无远志，经济饶裕，生活优美，山川明媚，性情陶醉，于是产生极妖媚柔脆之文学，即所谓南乐。一刚一柔，一直一婉，一则读之令人振拔，一则睹之令人魂消，分道扬镳，各别发展者，上下二百余年。于是各个本身，皆辉煌彪炳，放为光明灿烂之花。又以双方已经成熟，故一或接触，即相吸相引，共结硕大壮健之果。王褒庾信，为其第一胎产儿，前已言之。但斯时尚未正式结婚，王庾淫奔幽会，为私生之子。至隋唐统一，合卺行礼，宁馨佳儿，联翩堕地。其风格性情，有南朝之清秀柔婉，而无铅华妖冶之态；有北朝之伉爽真率，而无粗犷蛮野之气，隋唐乐府莫不如此。举例条目，请俟下章。

近人谓词之起源，出于唐之绝句律诗，_{胡适之先生《词的起源》。}其实词律之长短错纵，词风之柔媚纤丽，皆与乐府，尤以南朝乐府有相似者。故词名之因仍乐府，或取乐府词句者极多，观毛稚黄《填词名解》可知。且同为以之歌唱，无显然之分野，故郭茂倩《乐府诗集》所采近代曲辞，几全为小词，而词人之作，亦多命名乐府也。

乐府至南北朝，一方面平民努力创作，一方面文人刻意学古，无以名之，名之创作兼摹仿时期，亦可谓之分化时期。曹魏在汉代创作乐府之后，于时乐府尚为新兴文学，待开辟之境地甚多，故曹氏父子兄弟，依旧曲，制新词，颇能推陈出新，别开生面。至晋、南北朝，旧乐府已成滥调，重重摹拟，陈陈相因，故作者虽多，作品虽多，而有生气，有性灵者无几；意境格调，两无增新，不过满注以六代麻醉、沉迷、荡逸之人生意味，略具时代性，不能谓与汉魏全同耳。

在此种腐旧沉溺空气中，一班平民又别求生命，另制新乐歌矣。其歌咏之材料，歌咏所用之格调，与汉代平民乐府不同，与魏晋六代文人乐府亦不同。除北歌时或一咏英雄关塞外，泰半皆男女恋歌。盖汉代所作，多出北方，生活艰窘，故多社会问题之歌。南朝所作，概出南方，乏经济之压迫，多景物之诱惑，故多儿女情恋之乐。至其格调，则多五言四句，整齐短小，最适于表达一刹那间双方之情感。

乐府得此新生力军，形式内容，皆有革新，皆有扩充，又变为新兴文学。故隋唐文人又得藉之别制新词，不蹈六代陈腐因循之旧也。

第五章

隋唐乐府

一　隋

前言隋唐为南北文学结婚后之合法产儿。但产儿或肖父，或肖母，未必皆兼肖二人，隋文帝自堕地之后，即生长于北方，习与性成，故最肖北方。《隋书·音乐志（上）》曰："高祖文帝。受命维新，八州同贯，制氏全出于胡人，迎神犹带于边曲。"《音乐志（中）》又曰："开皇二年（582），齐颜之推上言：'礼崩乐坏，其来自久。今太常雅乐，并用胡声。请凭梁国旧事，考寻古典。'高祖不从，曰：'梁乐亡国之音，奈何遣我用耶？'"

文学背景，极为复杂，而政治确为重要条件之一。上有好者，下必有甚者焉，故文帝之时，所有乐府，多较肖北方。如杨素、薛道衡、虞世基互相唱和，以《出塞》为题，各作二首，可代表隋初乐府。今各录其第二首：

杨素者：

汉虏未和亲，忧国不忧身。
握手河梁上，穷涯北海滨。
据鞍独怀古，慷慨感良臣。

历览多旧迹，风月惨愁人。
荒塞空千里，孤城绝四邻。
树寒偏易古，草衰恒不春。
交河明月夜，阴山若雾辰。
雁飞南入汉，水流西咽秦。
风霜久行役，河朔备艰辛。
薄暮边声起，空飞胡骑尘。

薛道衡者：和杨素。

边庭风火惊，插羽夜征兵。
少昊腾金气，文昌动将星。
长驱鞮汗北，直指夫人城。
绝漠三秋暮，穷阴万里生。
夜寒哀笛曲，霜天断雁声。
连旗下鹿塞，叠鼓向龙庭。
妖云坠虏阵，晕月绕胡营。
左贤皆顿颡，单于已系缨。
绁马登玄阙，钩鲲临北溟。
当知霍骠骑，高第起西京。

虞世基者：和杨素。

上将三略远，元戎九命尊。
缅怀古人节，思酬明主恩。
山西多勇气，塞北有游魂。
扬桴上陇坂，勒骑下平原。
誓将绝沙漠，悠然去玉门。
轻赍不遑舍，惊策骛戎轩。
凛凛边风急，萧萧征马烦。
雪暗天山道，冰塞交河源，
雾锋暗无色，霜旗冻不翻。

耿介倚长剑，日落风尘昏。

杨素，字处道。仕周武帝，以平齐加上开府。隋高祖受禅后，加上柱国，进封越国公。薛道衡，字玄卿。仕齐，仕周，入隋除内史，累迁上仪同三司。炀帝嗣位，上《文皇帝颂》，帝览之不悦，寻以论时政见害。虞世基，字茂世。仕陈，入隋为通直郎，直内史省。炀帝即位，唯诺取荣，后以遇害卒。三人唯世基时稍后，与炀帝相得，然作《出塞》则在文帝时也。

文帝时乐府亦有出于南朝者，卢思道、辛德源其选也。卢思道，字子行，范阳人。史称聪爽俊辩，才学兼著。仕齐，仕周，隋高祖为丞相，思道为武阳太守。开皇年中为散骑侍郎。所为乐府，如《有所思》《日出东南隅行》《棹歌行》《美女篇》《城南隅宴》《采莲曲》，皆近似南乐之绮丽。

棹歌行

秋江见底清，越女复倾城。
方舟共采摘，最得可怜名。
落花流宝珥，微风动香缨。
带垂连理湿，棹举木兰轻。
顺风一作避人。传细语，因波寄远情。
谁能结锦缆，薄暮隐长汀。

采莲曲

曲浦戏妖姬，轻盈不自持。
攀落爱圆水，折藕弄长丝。
佩动裙风入，妆销粉汗滋。
菱歌惜不唱，须待暝归时。

然亦有近似北乐者，如《从军行》：

朔方烽火照甘泉，长安飞将出祁连。

犀渠玉剑良家子，白马金羁侠少年。
平明偃月屯右地，薄暮鱼丽逐左贤。
谷中石虎经衔箭，山上金人曾祭天。
天涯一去无穷已，蓟门迢递三千里。
朝见马岭黄沙合，夕望龙城阵云起。
庭中奇树已堪攀，塞外征人殊未还。
白雪初下天山外，浮云直上五原间。
关山万里不可越，谁能坐对芳菲月？
流水本能断人肠，坚冰旧来伤马骨。
边庭节物与华异，冬霰秋霜春不歇。
长风萧萧渡水来，归雁连连映天没。
从军行，军行万里出龙庭。
单于渭桥今已拜，将军何处觅功名？

此真"聪爽俊辩"，文肖其人，有北歌之伉爽，有南歌之俊丽，真南北文学之佳儿。若《棹歌》《采莲》诸曲，则有得于南乐，无得于北乐，允为"女郎文学"，"俊"则有之，"爽"则未也。

辛德源，字道基，陇西狄道人。仕齐，仕周，隋文受禅，不得调，隐于林卢山中。南史崔梦武奏之，谪从军讨南宁。还，牛弘荐修国史，转咨议参军卒。其乐府亦得于南朝者较多，得于北朝者较少。如《东飞伯劳歌》，似纯肖南朝：

合欢芳树连理枝，荆王神女乍相随。
谁家妖艳荡轻舟，含娇转眄骋风流。
犀柹兰桡翠羽盖，云罗雾縠莲花带。
女儿年几十六七，玉面新妆映朝日。
落花从风俄度春，空留可怜何处新！

若《白马篇》则有略似北朝者矣：

任侠重芳辰，相从竞逐春：

金羁络赭汗，紫陌应红尘。
宝剑提三尺，雕弓韬六钧。
鸣珂蹀细柳，飞盖出宜春。
遥见浮光发，悬知上头人。

炀帝堕地未久，即生长于南方，习与性成，故最肖南方，据《隋书·炀帝纪》，帝"美姿仪，少敏慧"。"开皇元年，立为晋王，拜柱国，并州总管。时年十三。寻授武卫大将军，位上柱国，河北道行台尚书令大将军。"至开皇八年，"为扬州总管，镇江都，每岁一朝。"在江都者盖数载。以故炀帝对江都特别爱恋，即位之初，大业元年。即御龙舟幸之，舳舻相接二百余里。自后数次行幸，卒于江都遇害以死。《纪》又言："所至惟与后宫留连耽酒，惟日不足。招迎姥媪，朝夕共肆丑言。又引少年令与宫人秽乱，不轨不逊，以为娱乐。"《音乐志上》又曰："炀帝矜奢，颇玩淫曲。御史大夫裴蕴揣知帝情，奏括周齐梁陈乐工子弟及人间善声调者，凡三百余人，并付太乐。倡优猥杂，咸来萃止。"在此种猥亵陶醉之环境中，自然最易产生乐歌，自然最易产生南方化香艳体之乐歌。故文帝自身无乐歌，炀帝自身之乐歌多至数十首，泰半皆为艳体。

春江花月夜　二首

暮江平不动，春花满正开。
流波将月出，潮水带星来。

夜露含花气，春潭养月辉。
汉水逢游女，湘川值两妃。

喜春游歌　二首

禁苑百花新，佳期游上春。

轻身赵皇后，歌曲李夫人。

步缓知无力，脸曼动余娇。
锦袖淮南舞，宝袜楚宫腰。

江都宫乐歌

扬州旧处可淹留，台榭高明复好游。
风亭芳树迎早夏，长皋麦陇送余秋。
渌潭桂楫浮青雀，果下金鞍跃紫骝。
绿觞素蚁流霞饮，长袖清歌乐戏州。

泛龙舟

舳舻千里泛归舟，言旋旧镇下扬州。
借问扬州在何处？淮南江北海西头。
六辔聊停御百丈，暂罢开山歌棹讴。
讵似江东掌间地，独自称言鉴里游。

《唐书·乐志》曰："《泛龙舟》，隋炀帝江都宫作。"
《江都夏》《四时白纻歌》。

黄梅雨细麦秋轻，枫树萧萧江水平。
飞楼绮观轩若惊，花簟罗帏当夜清。
菱潭落日双凫舫，绿水红妆两摇渌。
还似扶桑碧海上，谁肯空歌《采莲》唱？

炀帝以天子之尊而有势，为有力的香艳乐歌运动，自然天下从
风，相率趋于香艳一途。此可举两派人为代表：一、炀帝之臣
工，二、炀帝之姬妾及其他女文学作家。

前所言与炀帝相得之虞世基，有《和炀帝四时白纻歌》二
首，录《江都夏》一首：

长洲茂苑朝夕池，映日含风结细漪。
坐当伏槛红莲披，雕轩洞户青苹吹。
轻幌芳烟郁金馥，绮檐花簟桃李枝。
苕苕翡翠但相逐，桂树鸳鸯恒并宿。

又有诸葛颖者，字汉，丹阳建康人。起家梁邵陵王参军。入隋，值炀帝为晋王，引为参军，即位后，迁著作郎，甚见亲幸。有《和炀帝春江花月夜》一首：

张帆渡柳浦，结缆隐梅洲。
月色含江树，花影覆船楼。

又有王胄者，字承基。起家陈鄱阳王法曹参军。陈灭，晋王炀帝。引为学士。大业初，为著作郎。其乐府亦颇纤绮哀艳。如《枣下何纂纂》二首：

柳黄知节变，草绿识春归。
复道含云影，重檐照日辉。

御柳长条翠，宫槐细叶开。
还得闻春曲，便逐鸟声来。

再如《敦煌乐》二首：

长途望无已，高山断还续。
意欲此念时，气绝不成曲。

极目眺修涂，平原忽超远。
心期在何处？望望崦嵫晚。

炀帝宫女有侯夫人者。《诗纪》引《迷楼记》曰："炀帝建迷楼，选后宫女数千以居其中，由是后宫多不得进御。宫女侯夫人有美色，一日缢于栋下。臂系锦囊，囊中有文，左右取以进，帝览其诗，反覆伤感，厚礼葬之。"按其诗名《自伤》，以篇幅甚长，不录；录其小品数首：

妆　成

妆成多自惜，梦好却成悲。
不及杨花意，春来到处飞。

看　梅

砌雪无消日，卷帘时自颦。
庭梅对我有怜意，先露枝头一点春。
香清寒艳好，谁惜是天真？
玉梅谢后阳和至，散与群芳自在春。

此虽不见乐府，然审其格调，颇类南朝乐府小词，则曾入乐否不敢必，约之与乐府相似，故附于此。

《乐府诗集》又著丁六娘《十索》四首，引《乐苑》曰："《十索》，《羽调曲》也。"

裙裁孔雀罗，红绿相参对。
映以蛟龙锦，分明奇可爱。
粗细君自知，从郎索衣带。

为性爱风光，偏憎良夜促。
曼眼腕中娇，相看无厌足。
怀情不耐眠，从郎索花烛。

君言花胜人，人今去花近。
寄语落花风，莫吹花落尽。
欲作胜花妆，从郎索红粉。

> 二八好容颜，非意得相关。
>
> 逢桑欲采折，寻枝倒懒攀。
>
> 欲呈纤纤手，从郎索指环。

尚有二首，《乐府诗集》作无名氏，《诗纪》引《选诗拾遗》并作丁六娘。是否六娘所作不可考；约之，可以代表隋末之"麻醉乐府"，故今并录于下：

> 含娇不自转，送眼劳相望。
>
> 无那关情伴，共入同心帐。
>
> 欲防人眼多，从郎索锦障。

> 兰房下翠帷，莲帐舒鸳锦。
>
> 欢情宜早畅，密态须同寝。
>
> 欲共作缠绵，从郎索花枕。

至《诗纪》载李月素《赠情人》、罗爱爱《闺思》、秦玉鸾《赠情人》、苏蝉翼《因故人归作》、张碧兰《寄阮郎》，不见古书，唯兼见明刻《续玉台新咏》，未可为据，丁福保《全隋诗》已辩之矣。

隋受周禅，在西历581年，灭于唐在618年，前后不足四十年，而其乐府之不同若此。吾侪读之，可得两种教训：

（1）文学颇受地方影响

（2）文学颇受政治影响

观此，知时髦文学史家，任意分期，美其说曰"打破传统的以政治断代之谬习"，实为"竞新炫异不顾事实之谬习"也。

二　唐

（一）唐代君主之提倡乐府　南北朝之乐府，其成分有二，曰平民创作乐府，曰文人仿古乐府。至隋唐则只有文人仿古乐府，无平民创作乐府，隋代享国日浅，影响未大。唐初以至中世_{玄宗。}之君，率皆知音善乐，又以天下平定，四海乂安，休养生息，文人辈出，殿廷之上，变为唱酬弦歌之所。在此种空气，此种环境之下，自然可以产生大批之文人乐府。

太宗自为秦王，即开文学馆，招集十八学士。即位之后，又开弘文馆，收揽文学之士，编纂文书，唱和吟咏。《唐诗纪事》卷一载太宗《帝京篇》十首，自序言："余以万机之暇，游息艺文。"则其好文可知。《旧唐书·音乐志一》载杜淹论《玉树后庭花》《伴侣曲》，为亡国之音。太宗曰："不然。夫音声能感人，自然之道也，故欢者闻之则悦，忧者听之则悲；悲欢之情，在于人心，非由乐也。将亡之政，其民必苦，然苦心所感，故闻之则悲耳，何有乐声哀怨能使悦者悲乎？今《玉树》《伴侣》之曲，其声俱存，朕当为公奏之，知公必不然矣。"

又载："太宗制《破阵舞图》。"《音乐志（二）》又言："《庆善乐》，太宗所造也。"则其娴乐可知。

高宗继之，更好音乐。《旧唐书·音乐志（一）》曰："上以琴中杂曲，古人歌之，近代已来，此声顿绝，虽有传习，又失宫商。令所司简乐工解琴笙者修习旧曲。……太常上言：'……臣今准敕，依于琴中旧曲，定其宫商，然后教习，并合于歌，辄以御制《雪诗》为《白雪歌辞》。又案古今乐府，奏正曲之后，皆别有送声，君臣倡和，事彰前史，辄取侍臣等《奏和雪诗》，以为送声，共十六节。今悉教讫，并皆谐韵。'上善之，乃付太常，编于乐府。"

《音乐志（二）》又曰："《上元乐》，高宗所造。"据此，知高宗对乐府有极浓厚之趣味。

武后亦为有乐癖之女子。《新唐书·礼乐志（十二）》载《坐部伎》六："一《燕乐》，二《长寿乐》，三《天授乐》，四《鸟歌万岁乐》，五《龙池乐》，六《破阵乐》。"言："《天授》《鸟歌》，皆武后作也。"

至中宗神龙景龙（705—709）之间，皇帝与群臣赋诗宴乐，屡有所闻。如《唐诗纪事》卷三曰：

> 中宗正月晦日，幸昆明池赋诗，群臣应制百余篇。帐殿前结彩楼，命昭容上官婉儿。选一首为新翻御制曲。从臣悉集其下。须臾，纸落如飞，各认其名而怀之。既进，唯沈宋沈佺期宋之问。二诗不下。又移时，一纸飞坠，竞取而观，乃沈诗也。及阅其评曰："二诗工力悉敌。沈诗落句云：微臣雕朽质，羞睹豫章材，盖词气已竭。宋诗云：不愁明月尽，自有夜珠来，犹陟陟健举。沈乃伏，不敢复争。"

又《大唐新语》曰：

> 神龙之际，京城正月望日盛饰灯影之会。金吾弛禁，特许夜行。贵族戚属及下俚工贾，无不夜游。马车骈阗，人不得顾。王主之家，马上作乐以相夸竞。文士皆赋诗一章，以纪其事。引见谢著《大文学史》六，页34。《唐代丛书》本《大唐新语》无此条。

又据《隋唐嘉话》言：

> 景龙中，中宗游兴庆池，侍宴者递起歌舞，并唱下兵词，方便以求官爵。

给事中李景伯亦起唱曰：

> "《回波》尔时酒卮，兵儿志在箴规。侍宴既过三爵，喧哗窃恐非宜。"于是乃罢坐。

又据《本事诗》，中宗受制于韦后，御史大夫裴谈亦惧内，宴乐时有优人唱《回波乐》云：

　　《回波》尔时栲栳，怕妇也是大好。
　　外边只有裴谈，内里无过李老。

至玄宗，唐室统一已百有余年，高祖元年为西历 618 年，玄宗先天元年为西历 712 年，天宝十五年为西历 756 年。生于天下熙熙之时，长于乐舞融融之境。其音乐天才，好乐程度，在历代君主中，独一无两。《旧唐书·音乐志（一）》曰：

　　玄宗在位多年，善音乐。若宴设酺会，即御勤政楼。……就坐，太常大鼓，藻绘如锦，乐工齐击，声震城阙。太常卿引雅乐，每色数十人，自南鱼贯而进，列于楼下。鼓笛鸡娄，充庭考击。太常乐，立部伎，坐部伎，依点鼓舞，间以胡夷之伎。日旰，即内闲厩，引蹀马三十匹，为倾杯乐曲，奋首鼓尾，纵横应节。又施三层板床，乘马而上，抃转如飞。又令宫女数百人，自帷出。击雷鼓，为《破阵乐》《太平乐》《上元乐》，虽太常积习，皆不如其妙也。若《圣寿乐》，则回身换衣，作字如画。又五坊使引大象入场，或拜或舞，动容鼓振，中于音律。竟日而退。玄宗又于听政之暇，教太常乐工子弟三百人，为丝竹之戏，音响齐发，有一声误，玄宗必觉而正之，号为"皇家弟子"，又云"梨园弟子"，以置院近于禁苑之梨园，太常又有别教院，教供奉新曲。太常每凌晨鼓笛乱发于太乐署。别教院廪食常千人，宫中居宜春院。玄宗又制新曲四十余，又新制乐谱。每初年望夜，又御勤政楼，观灯作乐。贵臣戚里，借看楼观望。夜阑，太常乐府县散。乐毕，即遣宫女于楼前缚架出眺，歌舞以娱之，若绳戏竿木，诡异巧妙，固无其比。

《新唐书·礼乐志》第十二亦曰：

玄宗既知音律，又酷爱《法曲》，选坐部伎子弟三百，教于梨园，声有误者，帝必觉而正之；号"皇家梨园弟子"。宫女数百亦为"梨园弟子"，居宜春北院。梨园法部更置小部音声三十余人。帝幸骊山，杨贵妃生日，命小部张乐长生殿，因奏新曲，未有名，会南方进荔枝，因名曰《荔枝香》。帝又好羯鼓，而宁王善吹横笛。达官大臣慕之，皆喜言音律。

又曰：

唐之盛时，凡乐人、音声人、太常、杂户子弟隶太常及鼓吹署，皆番上，总号音声人，至数万人。

又曰：

玄宗以八月五日生，因以其日名节，而君臣共为荒乐。

《音乐志（三）》又曰：

开元二十五年，太常卿韦绦令博士韦逌，直太乐尚冲，乐正沈元福，郊祀令陈虔、申怀操等铨叙前后所行用乐章为五卷，以付太乐鼓吹两署，令工人习之。时太常旧相传有宫商角徵羽《燕乐》《五调歌词》各一卷；或云，贞观中侍中杨仁恭妾赵方等所铨集。词多郑卫，皆近代词人杂诗。至绦，又令太乐令孙玄成更加整比为七卷，又自开元以来，歌者杂用胡夷里巷之曲。其孙玄成所集者，工人多不能通，相传谓为《法曲》。

法曲为玄宗所"酷爱"，惜今已佚，不能确考。《音乐志》不录其曲，言："今依前史旧例录雅歌词前后常用者，附于此志。其《五调法曲》，词多不经，不复载之。"据此，疑与当时乐工所传习者，皆为"胡夷里巷之曲"。唐代文人乐府与六代文人乐府，同为仿古，而六代之作，奄奄无生气，唐代则壁垒全新，于仿效之中，寓创作之美，此种"胡夷里巷之曲"，似与之不无关系。

又《开天传信记》云：天宝初，玄宗游华清宫。刘朝霞献《驾幸温泉赋》，词调倜傥，杂以俳谐。……其赋曰：

> 若夫天宝二年，十月后兮腊月前，办有司之供具，命驾幸于温泉。天门乾开，露神仙之辐凑。銮舆划出，驱甲仗而骈阗。青一队兮黄一队，熊蹯胸兮豹挐背。珠一团兮绣一团，玉镂珂兮金镂鞍。……

其述玄宗圣德曰：

> 直攫得盘古髓，掐得女娲瓢。遮莫尔古时千帝，岂如我今日三郎？

其自叙曰：

> 别有穷奇蹭蹬，失路猖狂。骨懂虽短，伎艺能长。梦里几回富贵，觉来依旧凄惶！今日是千年一遇，叩头五角六张。胡适之云："五角六张，是当时的俗语，谓五日遇角宿，六日遇张宿，俗谓这两日作事多不成。"

上览而奇之，将加殊赏。命朝霞改去"五角六张"。奏云："臣草此赋，若有神助，自谓文不加点，笔不停辍，不愿改之。"

又《旧唐书·李白传》曰："白既嗜酒，日与酒徒醉于酒肆，玄宗度曲，欲造乐府新词，亟召白，白已卧于酒肆矣。召入，以酒洒面，即命秉笔。顷之，成十余章。帝颇嘉之。"

在此种奢靡、闲逸、豪侈、放荡之环境下，自易产生文人，产生文学——产生音乐文学。吾侪固知应制之作，难得珍品；然亦须分别而论。应制作庙堂乐章，祭祀乐章，堂皇正大，埋没情感，自然无有生气、性灵之制。若虽为应制，而不拘君臣之礼，不作庙堂之文，欢呼聚乐，醉谑无嫌，则人之性灵与情感，皆得充分之表现，而活文学，有生气之文学，亦自可以油然而生。乐府至唐代，已至由分化渐就至衰落时期，而能产生大批之文人新乐府，使乐府文学得一完美收场，君王后妃之提倡，与有力焉。王静安先生论李后主曰："生于深宫之中，长于妇人之手，是后主为人君所短处，亦即为词人所长处。"《人间词话》。今仿其语论中宗、玄宗曰："二君荒淫宴乐，歌舞吟咏，是中唐之所以召乱，亦即中唐之所以产生大批新乐府。"

（二）唐代乐府概论　　胡适之先生曰："唐人论诗多特别推重建安时期。原注：例如元稹论诗，引见《旧唐书》190《杜甫传》中。我们在上编指胡氏《白话文学史》，页58—60。曾说建安时期的主要事业在于制作乐府歌辞，在于文人用古乐府的旧曲改作新词。开元、天宝时期的主要事业也在于制作乐府歌辞，在于继续建安曹氏父子的事业，用活的词言用新的意境创作乐府新词。"胡氏《白话文学史》新月书店本，页261。

此言诚是。但建安时代，古乐府旧曲犹存，曹氏父子所作，虽未必篇篇入乐，然曾经入乐者不少，观《乐府诗集》可知，故曹氏父子所作乐府新词，多依乐府旧曲。至唐则汉魏古乐曲调，久已散亡。《旧唐书·音乐志（一）》曰："自永嘉晋怀帝元号，307—313年。之后，咸洛为墟，礼坏乐崩，典章始尽。"

唐代所传习者，仅周齐梁陈之曲而已。故《音乐志（一）》又曰："孝孙祖姓。又奏当太宗时：陈梁旧乐杂用吴楚之音，周齐旧乐多涉胡戎之伎。于是斟酌南北，考以古音，作为《大唐雅乐》。"

据此，参以前引《音乐志（三）》言太常旧相传之《五调歌词》各一卷，"皆近代词人杂诗"。又曰："自开元以来，歌者杂用胡夷里巷之曲。"则汉魏乐府旧曲，盖鲜有存者。而唐人所作乐府新词中，《鼓吹曲辞》《横吹曲辞》《相和歌辞》等等，触目皆是，其题目多仍汉魏，其形式则与汉魏旧曲迥异。胡适之先生亦曰："唐初的人也偶然试作乐府歌辞。但他们往往用律诗体作乐府。"则知唐代乐府，盖逐渐脱去旧曲羁绊，逐渐近于诗体化，逐渐开放，逐渐自然。故益能"用活的语言用新的意境创作乐府新词"，在乐府文学中大放异彩。而以逐渐不顾曲谱，逐渐失其与音乐关系，故中唐以后，乐府遂亡，而只有诗矣。

曹氏父子与唐代词人，同为用古乐府旧题制作新词。但曹氏父子生于汉末，其所凭藉之古乐府，只有汉代之《郊庙歌》《鼓吹铙歌》《舞曲歌》《相和歌》数种。《郊庙歌》为庙堂文学，《铙歌》亦略带庙堂意味，有性灵有意境之文学，不易藉以发表；而舞曲又寥寥无几。故曹氏父子所作，泰半皆《相和歌辞》而已。至唐，则于汉代数种以外，又有南朝之《吴歌》《荆楚四声》《神弦歌》《江南弄》《上云乐》；北朝之《北歌》；本朝之"胡夷里巷之曲"；概皆平民文学，易用以发表有性灵有意境之文。即《鼓吹铙歌》《相和歌》，亦以自曹氏父子以至陈隋，作者代有，内容益富。唐人生际其后，得多所取材，多所凭依，长袖善舞，多财善贾，祖产既多，营用自便。故唐人乐府，其内容与形式，皆较曹氏父子大加丰富。依《全唐诗》所列，共有七类：

（1）鼓吹曲辞　包括拟《汉鼓吹铙歌》。

（2）横吹曲辞　包括拟《北歌》。

（3）相和歌辞　包括拟汉魏《相和歌》及拟南朝《清商曲》。

（4）舞曲歌辞　包括拟《古舞曲》及唐代自创《舞曲》。

（5）琴曲歌辞　包括拟《古琴曲》及唐代自创《琴曲》。

（6）杂曲歌辞　包括拟《古杂曲》，唐代自创《杂曲》，及拟四夷如高丽（此指高句丽）、高昌、龟兹、疏勒、天竺、西凉、安国等。之《杂曲》。

（7）杂歌谣辞　虽有民间歌谣数首，然泰半皆文人所作。

就类别言，视曹氏父子以至六代之仿古乐府，增多数种。就风格言，于汉魏质朴敦厚之外，益以南朝之柔润明婉，北朝之伉爽激壮。聚万金而治之，合众流而一之，际天下之承平，值时君之好乐，乐府新词之大兴，非无由也。

（三）唐代乐府词人及其乐府词　唐太宗"游息艺文"，娴音好乐，而所为乐府词则不多觏。《全唐诗》卷一著《饮马长城窟行》，平平无精彩。其臣工为乐府者，有魏征、虞世南。魏征所作，亦不多见，有《出关》一首，亦无警句。

虞世南，字伯施，余姚人。世基弟。文章婉缛，见称于徐陵。仕陈，仕隋，入唐为秦府太宗记室参军。太宗践祚，历弘文馆学士、秘书监。其乐府有《从军行》《飞来双白鹄》《门有车马客行》《结客少年场行》等篇。今举《结客少年场行》：

> 韩魏多奇节，倜傥遗声利。
> 共矜然诺心，各负纵横志。
> 结交一言重，相期千里至。
> 绿沉明月弦，金络浮云辔。
> 吹箫入吴市，击筑游燕肆。
> 寻源博望侯，结客远相求。
> 少年怀一顾，长驱背陇头。
> 焰焰戈霜动，耿耿剑虹浮。
> 天山冬夏雪，交河南北流。
> 云起龙沙暗，木落雁门此依集，乐府作行。秋。
> 轻生徇知己，非是为身谋。

唐初为乐府者甚少。盖天下甫定，未遑及此。虽太宗提倡艺文，提倡乐府，然在提倡时期，固只见种植，难得收获——其收获当在种植以后。故唐初虽乏可纪乐府，而与乐府之关系极大。设无唐初之倡导，则开元、天宝间难得偌大之成绩也。

稍后高宗武后时，王杨卢骆有四杰之称，亦各有乐府歌辞。四人皆髫齿有能文之名。裴行俭讥其"虽有文才，而浮躁浅露，岂享爵禄之器"。见《旧唐书·文苑传》上。

王勃，字子安，绛州龙门人。《中说》作者王通孙也。沛王贤闻其名，召为沛府修撰。诸王斗鸡，勃戏为《檄英王鸡文》，高宗以为"是交构之渐"，斥逐。后省父交阯，堕水而卒，年才二十八。今有《王子安集》。

杨炯，华阴人，史称"幼聪敏，博学，善属文，举神童，拜校书郎"。生卒不可考，然享寿当知甚短。今有《杨盈川集》。

卢照邻，字升之，幽州范阳人也。史言"年十余岁，就曹宪、王义方授《苍雅》及经史，博学，善属文"。又载"染风疾"，"沈痾挛废，不堪其苦，尝与亲属执别，遂自投颍水而死。时年四十"。今有《幽忧子集》。

骆宾王，婺州义乌人。史言"善属文，尤妙于五言诗。……然落魄无行，好与博徒游。高宗末，为长安主簿，坐赃左迁临海丞，怏怏失志，弃官而去"。凡谓史言，皆《旧唐书·文苑传》上语。后与徐敬业作乱以死。今有《骆宾王文集》。

四人以性格论，"浮躁浅露""落魄无行"，其诗文乐歌当为南朝绮丽香艳一派，而其实不尽然。《王子安集》有杨炯《序》，称王勃之志曰："尝以龙朔_{高宗三次改元元号，661—663年。}初载，文场变体，争构纤微，竞为雕刻，糅之金玉龙凤，乱之朱紫青黄，影带以徇其功，假对以称其美，骨气都尽，刚健不闻。思革其弊，用光志业。"又言当时与王勃同调者："薛令公朝右文宗，托末契而推一变；卢照邻人间才杰，览清规而辍九攻。知音与之矣，知己从之矣。"又美王勃之功曰："积年绮碎，一朝清廓，翰苑豁如，词林增峻，反诸宏博，君之力焉。"

读文学史者注意：以四杰之性格，作此等之言论，知南朝绮纤脂粉之气，已为一般人所厌弃，此受北朝质健文学之影响故也。中唐以复古为革新之文学运动，斯时已兰芽苗壮矣。后人茫焉不察，以裴行俭论行之言，移以论文，致使四杰之作，被"轻浮浅露"之诮，而韩愈遂专擅"文起八代之衰"之美，_{如苏}

轼《潮州韩文公庙碑》所云。令文学史呈殊异现象，而流变演化之迹乱矣。岂知韩愈作《新修滕王阁记》，以为词列王勃《滕王阁诗序》之次，"有荣耀焉"，草蛇灰线，固有可寻者。

然四杰文学观之所以如此者，时为之也。其性情"浮躁浅露"，故与齐梁相近，设生齐梁之时，吾知其文学必近于香奁体。隋唐南北统一，南朝纤巧之文，已届"日落西山，气息奄奄"之时，而北朝雄壮质朴之美，则方兴未艾，待诸发挥，取以为文，易放异彩。唐太宗为《帝京篇》，其第四首曰：

> 去兹郑卫声，雅音方可悦。

《自序》又曰：

> 用咸英之曲，变烂漫之音。

此亦厌薄南朝香艳文学之表示也。

在杨炯所作《王子安集序》内，尚可见出唐初文学上一种趋势，即前所云逐渐解放，逐渐走入自然一途。其言曰：

> 洎乎潘陆奋发，孙许相因，继之以颜谢，申之以江鲍，梁魏群材，周隋众制，或苟求虫篆，未尽力于《丘》《坟》；或独狗波澜，不寻源于《礼》《乐》；会时沿革，循名抑扬，多守律以自全，罕非常而制物。其有飞驰倏忽，偶傥纷纶，鼓动包四海之名，变化成一家之体，蹈前贤之未识，探先圣之不言。……能使六合殊材，并推心于意匠，八方好事，感受气于文枢，……孰能致于此乎！

唐代有此种趋势之原因，胡适之先生以为古代自然主义之哲学家，即"道家"。与佛教思想之精彩部分相结合，成为禅宗运动；此时已经成熟，成功宗教革命。其运动潮流震荡全国，故文学美术皆受其影响。《白话文学史》，页264。

抑余以为尚有一重大之本身原因，即南北朝之由分而合也：大凡一种学说，一种学派统一之后，则思想界文学界渐流于保守。及至有他种学说，他种学派侵入，则思想界文学界受其簸荡，受其刺激，由怀疑而渐趋解放。此例甚多，如魏晋因佛教而解放，现今因西学而解放，皆其显例。唐代，南北统一，南人知南歌之外有《北歌》，北人知北歌之外有《南歌》，厌旧喜新，调和糅混，自然趋于解放，趋于自然主义矣。

此下列举四杰之乐府歌辞，以作例证。

前言四杰所作，不尽似南朝之绮丽香艳一派，乃谓不尽为艳体，非谓无艳体。王勃乐府，有《采莲曲》《临高台》《江南弄》《铜雀妓》诸篇，其歌咏对象，仍多男女之情；然于绮丽之中，有苍凉之美。如《采莲曲》：

> 采莲归，绿水芙蓉衣。秋风起浪凫雁飞。桂棹兰桡下长浦，罗裙玉腕轻摇橹。叶屿花潭极望平，江讴越吹相思苦！相思苦，佳期不可驻！塞外征夫犹未还，江南采莲今已暮。今已暮，采莲花。渠今此依乐府，集作渠今。那必尽娼家？官道城南把桑叶，何如江上采莲花？莲花复莲花，花叶何稠叠？叶翠本羞眉，花红强如颊。佳人不在兹，怅望别离时。牵花怜共蒂，折藕爱连丝。故情无处所，新物徒华滋。不惜西津交佩解，还羞北海雁书迟。《采莲》歌有节，采莲夜未歇。正逢浩荡江上风，又值徘徊江上月。徘徊莲浦夜相逢，吴姬越女何丰茸！共问寒江千里外，征客关山路几重？

胡适之先生谓唐初往往用律诗体作乐府，读王勃乐府，知不尽然。杨炯乐府，则泰半为律体矣。裴行俭菲薄勃等，于杨炯尚少嘉许，谓"杨子颇沉默"见《新唐书·裴行俭传》。盖四杰之中，杨炯性格与彼等少异，故其诗歌尤为豪爽。张逊业称其："工致而得明澹之旨，沈宋肩偕，开元诸人去其纤纤，盖启之也。"《杨炯集序》，见《四部丛刊》本《杨盈川集》附录。

从军行

烽火照西京，心中自不平。
牙璋辞凤阙，铁骑绕龙城。
雪暗凋旗画，风多杂鼓声。
宁为百夫长，胜作一书生。

紫骝马

侠客重周游，金鞭控紫骝。
蛇弓白羽箭，鹤辔赤茸鞦。
发迹来南海，长鸣向北州。
匈奴今未灭，画地取封侯。

《旧唐书·文苑传》载杨炯闻人称王、杨、卢、骆为四杰，谓人曰："吾愧在卢前，耻居王后。"《朝野佥载》曰："杨之为文，好以古人姓名连用，如'张平子之略谈，陆士衡之所记，潘安仁宜其陋矣。仲长统何足知之？'时人号为'点鬼簿'。骆宾王文好以数对，如'秦地重关一百二，汉家离宫三十六'。时人号为'算博士'，如卢生之文，时人莫能评其得失矣。"此言虽近似故事，然颇可玩味。即以乐府而论，照邻所作，确为以平淡无奇之字，写天地自然之文，不堆砌典故，不勉强对仗。如《行路难》：

君不见，长安城北渭桥边，枯木横槎卧古田！
昔日含红复含紫，常时留雾亦留烟。
春景春风花似雪，香车玉舆恒阗咽。
若个游人不竞攀，若个娼家不来折？
娼家宝袜蛟龙帔，公子银鞍千万骑。
黄莺一一向花娇，青鸟双双将子戏。
千尺长条百尺枝，月桂星榆相蔽亏。

珊瑚叶上鸳鸯鸟，凤凰巢里雏鹓儿。
巢倾枝折凤归去，条枯叶落任风吹。
一朝零落无人问，万古摧残君讵知？
人生贵贱无终始，倏忽须臾难久恃。
谁家能驻西山日？谁家能堰东流水？
汉家陵树满秦川，行来行去尽哀怜。
自昔公卿二千石，咸拟荣华一万年。
不见朱唇将白貌，惟闻素棘与黄泉。
金貂有时须换酒，玉麈但摇莫计钱。
寄言坐客神仙署，一生一死交情处。
苍龙阙下君不来，白鹤山前我应去。
云间海上邀难期，赤心会合在何时？
但愿尧年一百万，长作巢由也不辞。

古人谓苏轼文，如雪花滚地，读之令人心开目明。吾于照邻乐府亦云。古体如此，律体亦莫不如此。如《芳树》：

芳树本多奇，年华复在斯。
结翠成新幄，开红满故枝。
风归花历乱，日度影参差。
容色朝朝落，思君君不知。

骆宾王乐府词极少，文集唯载《棹歌行》《王昭君》二首。

棹歌行
写月图黄罢，凌波拾翠通。
镜花摇芰日，衣麝入荷风。
叶落舟难荡，莲疏浦易空。
凤媒羞自托，鸳翼恨难穷。
秋帐灯光翠，倡楼粉色红。
相思无别曲，并在《棹歌》中。

胡适之谓唐初人多以律诗体作乐府，所言亦不尽误。此派代表，当推沈、宋。

沈佺期，字云卿，相州内黄人。宋之问，字延清，一名少连，汾州人。二人皆媚事张易之等，奸诡无行。《新唐书·文艺传（中）》言之问"至为易之奉溺器"。《旧唐书·文苑传（中）》言佺期"与宋之问齐名，时人称为沈宋"。言之问"弱冠知名，尤善五言诗"。《新唐书·文艺传（中）》曰："魏建安后，迄江左，诗律屡变。至沈约庾信以音韵相婉附，属对精密。及之问沈佺期又加靡丽，回忌声病，约句准篇，如锦绣成文。学者宗之，号为沈宋。语曰：'苏李居前，沈宋比肩。'"

二人承沈庾之绪，变本加厉，益究声病，入于魔道：由是竟以其"魔道文学"作乐府词矣。

铜雀妓

昔年分鼎地，今日望陵台。
一旦雄图尽，千秋遗令开。
绮罗君不见，歌舞妾空来！
恩共漳河水，东流无重回！

芳　树

何地早芳菲，宛在长门殿。
夭桃色若绶，秋李光如练。
啼鸟弄花疏，游蜂饮香偏。
叹息春风起，飘零君不见！

以上沈佺期作。

江南曲

妾住越城南，离居不自堪。
采花惊曙鸟，摘叶喂春蚕。
懒结茱萸带，愁安玳瑁簪。

> 待君消瘦尽，日暮碧江潭。

以上宋之问作。

工整确合美术条件，然必求对仗，必讲声病，则必有至于牺牲意境，摧残性灵者。且虚必对实，平必对仄，不合自然音韵，必有至于牵强附会者。沈氏《芳树》一首，以"疏"对"偏"，论虚实平仄，固极调协。然"游蜂饮香偏"，犹可言也；"啼鸟弄花疏"，则真费解而无意矣。

《宋集》有乐府词一首，虽通篇七言，然非律诗体，其意凄惋，其词流利，允为有性灵之可歌可泣文字；其名曰《有所思》：

> 洛阳城东桃李花，飞来飞去落谁家？
> 洛阳女儿好颜色，坐见落花长叹息。
> 今年花落颜色改，明年花开复谁在！
> 已见松柏摧为薪，更闻桑田变成海！
> 古人无复洛城东，今人还对落花风。
> 年年岁岁花相似，岁岁年年人不同！
> 寄言全盛红颜子，应怜半死白头翁！
> 此翁白头真可怜！伊昔红颜美少年。
> 公子王孙芳树下，清歌妙舞落花前。
> 光禄池台交锦绣，将军楼阁画神仙。
> 一朝卧病无相识，三春行乐在谁边！
> 婉转蛾眉能几时？须臾鹤发乱如丝！
> 但看古来歌舞地，唯有黄昏鸟雀悲！

此词决不似究极"回忌声病"之宋之问作。《唐诗记事》卷十三引《大唐新语》曰："刘希夷，一名庭之，汝州人。少有文华，好为宫体诗，词旨悲苦，不为时人所重。善弹琵琶，尝为《白头翁咏》云：'今年花落颜色改，明年花开复谁在。'既而自悔曰：'我此诗谶与石崇"白首同所归"何异？'乃更作一联云：'年年岁岁花相似，岁岁年年人不同。'既而又叹曰：'此句复仍似向谶矣。然生死有命，岂复由此？'即两存之。诗成未周岁，为奸所杀。或云：'宋之问害之。'"原注："或云之问害希夷而以《洛阳篇》为己作，至今载此篇在之问集中。"《全唐诗话》卷一亦载之。

此言余颇信之，之问奸邪无行，为此等事非不可能。且其词旨意境，与"不为时人所重"之刘希夷相类，与之问则绝不类。《全唐诗》第二函第三册同文石印本。有希夷诗一卷，其风格与此全同，可为旁证。兹举《公子行》一首于下，比并以观，可以知矣。

> 天津桥下阳春水，天津桥上繁华子。
> 马声回合青云外，人影动摇绿波里。
> 绿波荡漾玉为砂，青云离披锦作霞。
> 可怜杨柳伤心树，可怜桃李断肠花。
> 此日遨游邀美女，此时歌舞入娼家。
> 娼家美女郁金香，飞来飞去公子傍。
> 的的珠帘白日映，娥娥玉颜红粉妆。
> 花际徘徊双蛱蝶，池边顾步两鸳鸯。
> 倾国倾城汉武帝，为云为雨楚襄王。
> 古来容光人所羡，况复今日遥相见。
> 愿作轻罗著细腰，愿为明镜分娇面。
> 与君相向转相亲，与君双栖共一身。
> 愿作贞松千岁古，谁论芳槿一时新？
> 百年同谢西山日，千秋万古北邙尘。

玄宗时，乐府词坛有一怪杰，曰高适。适字达夫，沧州人。《旧唐书》谓少不事生产，客梁宋，以求丐取给。《唐诗纪事》二十三引商璠曰："适性落拓，不拘小节，耻预常科，隐迹博徒，才名自远。"适自述亦曰："自从别京华，我心乃萧索。十载守章句，万事空寥落。北上登蓟门，茫茫见沙漠。倚剑对风尘，慨然思卫霍。拂衣去燕赵，驱马怅不乐。天长沧州路，日暮邯郸郭。酒肆或淹留，渔潭屡栖泊。"《淇上酬薛三据兼寄郭少府微》。则亦落拓不羁之高等流氓也。举有道科，哥舒翰表为西河从事，佐翰守潼关。玄宗西幸，适及于河池，迁侍御史。后官至淮南节度使，西川节度使。永泰元年（765）卒。

《旧唐书》《唐诗纪事》并言适年五十始为诗，"数年之间，体格渐变，以气质自高。每吟一篇，已为好事者传诵。"胡适之引其诗中有"年过四十尚躬耕"按《留别郑三韦九兼洛下诸公》语。之句，证明五十始为诗之说不确。

高适自称所为诗词，谓"伊余寡栖托，感激多愠见"。《酬别薛三蔡大留简韩十四主簿》。又曰："纵横建安作。"《淇上酬薛三据兼寄郭少府微》。适诗——尤以乐府诗词，苍凉悲壮，奔放恣纵，确有曹瞒"横槊赋诗"之概。唐代乐府新词，得高适，确能增色不少。

燕歌行

汉家烟尘在东北，汉将辞家破残贼。
男儿本自重横行，天子非常赐颜色。
摐金伐鼓下榆关，旌旆逶迤碣石间。
校尉羽书飞瀚海，单于猎火照狼山。
山川萧条极边土，胡骑凭陵杂风雨。
战士军前半死生，美人帐下犹歌舞！
大漠穷秋草木腓，孤城落日斗兵稀。
身当恩遇常轻敌，力尽关山未解围。
铁衣远戍辛勤久，玉箸应啼别离后。
少妇城南欲断肠，征人蓟北空回首！
边庭飘飘那可度，绝域苍茫无所有。
杀气三时作阵云，寒声一夜传刁斗。
相看白刃雪纷纷，死节从来岂顾勋？
君不见，沙场征战苦，至今犹忆李将军！

原有序曰："开元二十六年，客有从元戎出塞而还者，作《燕歌行》以示适，感征戍之事，因而和焉。"

古大梁行

古城莽苍饶荆榛，驱马荒城愁杀人！

魏王宫观尽禾黍，信陵宾客随灰尘。

忆昨雄都旧朝市，轩车照耀歌钟钟，《四部丛刊》本《高常侍集》

作锺，以意改。起。

军容带甲三十万，国步连营五千里。

全盛须臾那可论！高台曲池无复存。

遗墟但见狐狸迹，古地空余草木根！

暮天摇落伤怀抱，抚剑悲歌对秋草。

侠客犹传朱亥名，行人尚识夷门道。

白璧黄金万户侯，宝刀骏马填山丘。

年代凄凉不可问，往来唯见水东流！

渔父歌

曲岸深潭一山叟，驻眼看钩不移手。

世人欲得知姓名，良久问他不开口。

笋皮笠子荷叶衣，心无所营守钓矶。

料得孤舟无定止，日暮持竿何处归？

营州歌

营州少年厌原野，狐裘蒙茸猎城下。

虏酒千钟不醉人，胡儿十岁能骑马。

观适此等乐府词，知唐代词坛风气，渐洗萎靡、脂粉、繁缛之习，走向振拔、质直、伉爽之途，此受建安及北朝之影响也，南朝唯一鲍照，能自振于流俗，故唐人亦每乐道之。胡适之谓高适最得力于鲍照，其实何止高适，唐代诗人得力于照者固甚多——然谓全出鲍照则不然，建安及北朝之歌，皆彼等所取法也。

世人尝称王孟，然孟浩然虽以诗名家，而乐府辞极少。王维则妙解音乐。

《旧唐书》一百九十下言："人有奏乐图，不知其名。维视之曰，《霓裳》第一叠第一折也。'好乐者集乐工按之，一无差，咸服其精思。"

唯其妙解音乐，故喜为乐府词。《旧唐书》谓代宗言"尝于诸王座闻其乐章"，则其乐府词早已蜚声当代矣。

维，字摩诘，太原祁人。开元九年（721）进士，历右拾遗，监察御史，左补阙库部郎中。天宝末为给事中，安禄山陷两都，没于贼。贼平，授太子中允。肃宗乾元中，迁太子中庶子，中书舍人，复拜给事中，转尚书右丞。

维以大诗人兼大画家，且酷喜佛经，其名维字摩诘，即取《维摩诘经》之意也。《旧唐书》言维：

> 奉佛，居常疏食，不茹荤血。晚年，长斋，不衣文彩。得宋之问蓝田别墅，在辋口；辋水周于舍下，别涨竹洲花坞。与道友裴迪浮舟往来，弹琴赋诗，啸咏终日。尝聚其田园所为诗，号《辋川集》。在京师，日饭十数名僧，以玄谭为乐。斋中无所有，唯茶铛、药臼、经案、绳床而已。退朝之后，焚香独坐，以禅诵为事。妻亡不再娶，三十年孤居一室，屏绝尘累。乾元二年（758）七月卒。

观此及维所作《山中与裴秀才迪书》，知其襟怀旷逸，爱好自然。故其诗词乐章多歌咏自然者，为千古之田园文学家。虽然，北歌化之豪爽文学，豪爽乐府歌词，在当时已成为潮流。王维虽爱禅静，喜自然，而此种弥满全国之大潮流，亦无法躲避，无法不受其影响。故其诗词——尤以乐府诗词，时见动的征战文学，非只静的田园文学。

陇头吟

长安少年游侠客，夜上戍楼看太白。

陇头明月迥临关，陇上行人夜吹笛。

关西老将不胜愁，驻马听之双泪流。

身经大小百余战，麾下偏裨万户侯。
苏武才为典属国，节旄落尽海西头。

老将行

少年十五二十时，步行夺取胡马骑。
射杀山中白额虎，肯数邺下黄须儿！
一身转战三千里，一剑曾当百万师。
汉兵奋迅如霹雳，虏骑崩腾畏蒺藜。
卫青不败由天幸，李广无功缘数奇。
自从弃置便衰朽，世事蹉跎成白首。
昔时飞箭无全目，今日垂杨生左肘。
路傍时卖故侯瓜，门前学种先生柳。
茫茫古木连穷巷，寥落寒山对虚牖。
誓令疏勒出飞泉，不似颍川空使酒。
贺兰山下阵如云，羽檄交驰日夕闻。
节使山河募年少，诏书五道出将军。
试拂铁衣如雪色，聊持宝剑动星文。
愿得燕弓射天将，耻令越甲鸣吴军。
莫嫌旧日云中守，犹堪一战立功勋。

《渭城曲》亦称《阳关曲》。

渭城朝雨浥轻尘，客舍青青柳色新。
劝君更尽一杯酒，西出阳关无故人！

然亦有旖旎风光，略似南朝乐歌者，如《早春行》《洛阳女儿行》。

洛阳女儿行

洛阳女儿对门居，才可颜容十五余。
良人玉勒乘骢马，侍女金盘脍鲤鱼。
画阁朱楼尽相望，红桃绿柳垂檐向。
罗帷送上七香车，宝扇迎归九华帐。

狂夫富贵在青春，意气骄奢剧季伦。
自怜碧玉亲教舞，不惜珊瑚指与人。
春窗曙灭九微火，九微片片飞花琐。
戏罢曾无理曲时，妆成只是熏香坐！
城中相识尽繁华，日夜经过赵李家。
谁家越女颜如玉，贫贱江头自浣纱。

原注云："时年十八。"胡适之谓年十六，不知何本。此据四部丛刊影须溪校本《王右丞集》。又有《桃源行》《李陵歌》，并注云："时年十九。"又有题《友人云母幛子》《过秦皇墓》，并注云："时年十五。"知维未弱冠即能歌诗，又知幼年喜作乐府。其乐府或似北歌，或似南曲，确为南北统一后之文学。及晚年始好闲静为田园诗，当俟《诗编》再详述云。

此时有一"语奇体峻"《唐诗纪事》二十三引殷璠评语。之乐府词人，曰岑参，"当天宝，与杜子美并世，子美数与倡酬，比之谢朓"，杨慎《新刻岑嘉州集序》。而《唐书》无传。据杜确所作《岑嘉州集序》及《唐诗纪事》二十三，知为南阳人。早岁孤贫，能自砥砺，偏览史籍，尤工缀文，每一篇绝笔，则人人传写，虽闾里士庶戎夷蛮貊，莫不讽诵吟习。天宝三载（744），进士高第。天宝末，至德初，任大理评事，摄监察御史，领伊西北庭支度副使，此条据本集《优钵罗花歌并序》补。杜甫荐参"识度清远，议论雅正"。入为祠功二外郎，虞库二正郎，出为嘉州刺史。后入蜀依杜鸿渐，即死于蜀。参亦饱经变故、险阻备尝之诗人，《客舍悲秋有怀两省旧游呈幕中诸公》曰：

三度为郎便白头，一从出守五经秋。
莫言圣主长不用，其那苍生应未休。
人间岁月如流水，客舍秋风今又起。
不知心事向谁论，江上蝉鸣空满耳。

唯其如此，所以发为乐歌，多骏伟激壮，发人猛醒之音。例不胜举，略举一二。

韦员外家花树歌

今年花似去年好，去年人到今年老。
始知人老不如花，可惜落花君莫扫！
君家兄弟不可当，列卿御史尚书郎。
朝回花底恒会客，花扑玉缸春酒香。

白雪歌送武判官归京

北风卷地白草折，胡天八月即飞雪。
忽如一夜春风来，千树万树梨花开。
散入珠帘湿罗幕，狐裘不暖锦衾薄。
将军角弓不得控，都护铁衣冷难著。
瀚海阑干百丈冰，愁云惨淡万里凝。
中军置酒饮归客，胡琴琵琶与羌笛。
纷纷暮雪下辕门，风掣红旗冻不翻。
轮台东门送君去，去时雪满天山路。
山回路转不见君，雪上空留马行处！

走马川行奉送出师西征

君不见走马川行雪海边，平沙莽莽黄入天。轮台九月风夜吼，一川碎石大如斗，随风满地石乱走。匈奴草黄马正肥，金山西见烟尘飞，汉家大将西出师。将军金甲夜不脱，半夜军行戈相拨，风头如刀面如割。马尾带雪汗气蒸，五花连钱旋作冰，幕中草檄砚水凝。虏骑闻之应胆慑，料知短兵不敢接，车师西门伫献捷。

此首三句一转，于古未见，盖岑参创体也。自有此体，能使诗歌之形式与内容，益加丰富。亦文学史上所当特书者也。

胡笳歌送颜真卿使赴河陇

君不闻胡笳声最悲，紫髯绿眼胡人吹！

吹之一曲犹未了，愁杀楼兰征戍儿。

凉秋八月萧关道，北风吹断天山草。

昆仑山南月欲斜，胡人向月吹胡笳。

胡笳悲兮将送君，秦山遥望陇山云。

边城夜夜多愁梦，向月胡笳谁喜闻！

　　杜确《岑嘉州集序》曰："梁简文帝及庾肩吾之属，始为轻浮绮靡之词，名曰宫体。自后沿袭，务于妖艳，谓之播锦布绣焉。……圣唐受命，斫雕为朴，开元之际，王纲复举，浅薄之风，兹焉渐革。其时作者凡十数辈，颇能以雅参丽，以古杂今，彬彬然灿灿然近建安之遗范矣。南阳岑公，声称老著。"

　　此言甚是。唐初文学事业，即在涤除宋、齐、梁、陈妖冶颓靡之风，渐入质朴振作之域。其佳处，即在"以雅参丽，以古杂今"。雅训常，即以习常之字，参入富丽之文，取法古代之作，别制现今之词，其能于仿古之中，寓革新之美者，端在于此。即以岑词而论，如云"一川碎石大如斗，随风满地石乱走"。如云"万事翻覆如浮云，昔人空在今人口"。《梁园歌送河南王说判官》。如云"虏塞兵气连云屯，战场白骨缠草根"。《轮台歌奉送封大夫出师西征》。皆极质俗，近似语体，其所以能有生气有意境者在此，其所以"闾里士庶戎夷蛮貊，莫不讽诵"者亦在此。时人独欣赏其律诗，谓"拟于吴均何逊"亦见杜确序。斯亦可谓盲目者矣。

　　崔颢，有俊才，无士行，好蒲博饮酒。及游京师，娶妻择有貌者，稍不惬意即去之，前后数四。据《旧唐书》一九〇下。《唐诗纪事》二十一引商璠曰："颢少年为诗，属意浮艳，多陷轻薄，晚岁忽变常体，风骨凛然。如'杀人辽水上，走马渔阳归。错落金锁甲，蒙茸貂鼠衣'。《游侠篇》，一作《古游侠呈军中诸将》。又'秋风吹浅草，猎骑何翩翩；插羽两相顾，鸣弓新上弦'。《赠王威古》。鲍照江淹，须有惭色。"

颢尝为《黄鹤楼诗》云：

> 昔人已乘黄鹤去，此地空余黄鹤楼。
> 黄鹤一去不复返，白云千载空悠悠。
> 晴川历历汉阳树，芳草萋萋鹦鹉洲。
> 日暮乡关何处是？烟波江上使人愁。

世传李白至黄鹤楼，欲题诗，见颢作，度无以胜之，恨极为一打油诗，词云：

> 一拳打破黄鹤楼，一脚踢碎鹦鹉洲！
> 眼前有景道不得，崔颢题诗在上头！

此事近于滑稽，谅非事实，但即此可知颢诗之见重于士林也。《全唐诗话》八引李宾之云：

> 律可间出古意，古不可涉律。……如崔颢"黄鹤一去不复返，白云千载空悠悠"。乃律间出古，要自不厌。

严羽谓"唐人七言律诗，当以《黄鹤楼》为第一"，倘以此欤？考颢律诗之所以能间出古意，不为律所缚者，盖出于乐府。初唐盛唐诗人，率先为乐府，然后以乐府为诗。乐府在汉魏虽有曲谱，而至唐代则久已亡佚，故唐人为乐府，不过效法歌词，并不能依照乐府曲调。此在音乐上固为莫大遗憾，当时人亦容有一部分认为阙望。而其乐府词之所以能放异彩，则多赖于此；以不论古乐府调，只论古乐府词，固为极自然、极解放之文学。寝馈于此等文学，则自己发抒之歌词，亦易走入极自然、极解放一途。以故初盛唐人，其乐府新词固极自然、极解放。其诗亦多自然解放之作。中唐以后，乐府沦亡，诗人无乐府之根基，遂逐渐走入工整雕琢之路矣。

崔颢乐府有两种境界，一为少年所作之艳体乐府，一为晚年所作之英雄乐府。二者各举一二：

卢姬篇

卢姬少小魏王家，绿鬓红唇桃李花。
魏王绮楼十二重，水晶帘箔绣芙蓉。
白玉栏杆金作柱，楼上朝朝学歌舞。
前堂后堂罗袖人，南窗北窗花发春。
翠幌珠帘斗丝管，一弹一奏云欲断。
君王日晚下朝归，鸣环佩玉生光辉。
人生今日得娇贵，谁道卢姬身细微？

《长干曲》四首：

君家何处住？妾住在横塘。
停船暂借问，或恐是同乡？

家临九江水，来去九江侧。
同是长干人，自小不相识。

下渚多风浪，莲舟渐觉稀。
那能不相待，独自逆潮归。

三江潮水急，五湖风浪涌。
由来花性轻，莫谓莲舟重。

《古意》一作《王家少妇》。

十五嫁王昌，盈盈入画堂。
自矜年最少，复倚婿为郎。
舞爱《前溪》绿，歌怜《子夜》长。
闲来斗百草，度日不成妆。

《唐诗纪事》二十一言："初李邕闻其名，虚舍待之。颢至，献诗，首章云：'十五嫁王昌。'邕叱曰：'小儿无礼！'不与接而去。"据此，知前谓唐代渐厌浮艳文学为不误也。

游侠篇

少年负胆气，好勇复知机。
仗剑出门去，孤城逢合围。
杀人辽水上，走马渔阳归。
错落金锁甲，蒙茸貂鼠衣。
还家行且猎，弓矢速如飞。
地迥鹰犬疾，草深狐兔肥。
腰间带两绶，转盼生光辉。
顾谓今日战，何如随建威？

雁门胡人歌

高山代郡东接燕，雁门胡人家近边。
解放胡鹰逐塞鸟，能将代马猎秋田。
山头野火寒多烧，雨里孤峰湿作烟。
闻道辽西无斗战，时时醉向酒家眠。

人之性格，随年岁而有所变迁，故作品亦每随年岁而不同。然崔颢所作乐府歌词，少年与晚年截然不同者，与自身年岁之关系似乎甚小，与当时风尚之关系似乎较大。人不能离时代而独立，即不能不受时代之影响。崔颢幼时少更事故，其作品完全表现先天之性格。及渐与世接，受社会之熏陶与刺激，由是性格渐变，而表现之作品亦随之而异。由此可知潮流之足以移人，而唐代之文学潮流，亦可以推想矣。

《旧唐书》一百九十下言："开元天宝间，文士知名者，汴州崔颢，京兆王昌龄、高适，本书《高适传》作渤海蓨人，《唐诗纪事》作沧州人，蓨即沧州，此曰京兆，未悉何故。襄阳孟浩然。"高崔已见前，孟无乐府，兹述王昌龄。

王昌龄，登进士第，补秘书省校书郎。又以博学宏词登科，再迁汜水县尉。《旧唐书》一百九十下言："不护细行，屡见斥，卒。"《唐诗纪事》二十四亦言："不护细行，还乡里，为刺史闾丘晓所杀。"史称其作品，"绪微而思清"。其自序言："卷舒形性表，脱略贤哲议。"《缑氏尉沈兴宗置酒南溪留赠》。又曰："知我沧溟心，脱略腐儒辈。"《宿灞上寄侍御玙弟》。知昌龄亦一意孤往，我行我素之诗人。今选其乐府词数首。

箜篌引

卢溪郡南夜泊舟，夜闻两岸羌戎讴。
其时夜黑猿啾啾，微雨沾衣令人愁。
有一迁客登高楼，不言不寐弹箜篌。
弹作《蓟门桑叶秋》，风沙飒飒青冢头。
将军铁骢汗血流，深入匈奴战未休。
黄旗一点兵马收，乱杀胡人积如丘。
疮病驱来配边州，仍披漠北羔羊裘。
颜色饥枯掩面羞，眼眶泪滴深两眸。
思还本乡食牦牛，欲语不得指咽喉。
或有强壮能咿嚘，意说被他边将雠。
五世属藩汉主留，碧毛毡帐河曲游。
橐驼五万部落稠，敕赐飞凤金兜鍪。
为君百战如过筹，静扫阴山无鸟投。
家藏铁券特承优，黄金千斤不称求。
九族分离作楚囚，深溪寂寞弦苦幽。
草木悲感声飕飕，仆本东山为国忧。
明光殿前论九畴，簏读兵书尽冥搜。
为君掌上施权谋，洞晓山川无与俦。
紫宸诏发远怀柔，摇笔飞霜如夺钩。
神鬼不得知其由，怜爱苍生比蚍蜉。
朔河屯兵须渐抽，尽遣降来拜御沟。

便令海内休戈矛，何用班超定远侯，史臣书之得已不？

昌龄乐府词，长歌尚非所长，所长者似为绝句短歌。如《从军行》（七首录三）：

> 烽火城西百尺楼，黄昏独坐海风秋。
> 更吹羌笛关山月，无那金闺万里愁！

> 琵琶起舞换新声，总是关山旧别情。
> 撩乱边愁听不尽，高高秋月照长城。

> 青海长云暗雪山，孤城遥望玉门关。
> 黄沙百战穿金甲，不破楼兰终不还。

如《出塞》（二首录一）：

> 秦时明月汉时关，万里长征人未还。
> 但使龙城飞将在，不教胡马度阴山。

其短歌不止歌咏边荒归思，亦有歌咏风情月色者。如《采莲曲》二首：

> 吴姬越艳楚王妃，争弄莲舟水湿衣。
> 来时浦口花迎入，采罢江头月送归。

> 荷叶罗裙一色裁，芙蓉向脸两边开。
> 乱入池中看不见，闻歌始觉有人来。

如《闺怨》：

> 闺中少妇不知愁，春日凝妆上翠楼。

忽见陌头杨柳色，悔教夫婿觅封侯。

他如《殿前曲》二首、《春宫曲》一首、《西宫春怨》一首、《西宫秋怨》一首、《长信宫词》五首、《青楼曲》二首、《青楼怨》一首、《浣纱女》一首……皆绮丽纤妙之歌，所谓"绪微而思清"者，殆指此欤？

李白斗酒诗百篇，长安市上酒家眠，
天子呼来不上船，自称臣是酒中仙。
——杜甫《饮中八仙歌》

世人李杜并称，其实二人截然不同：杜甫是"人"，其思想文艺是"人的"思想，"人的"文艺。李白是"仙"，其思想文艺是"仙的"思想，"仙的"文艺。所以胡适之曰："杜甫是我们的诗人，而李白则终是'天上谪仙人'而已。"

李白真是仙人，其里居姓氏，皆铸成神话，难求信史。《旧唐书·文苑传下》，《唐诗纪事》十六引《南部新书》并言山东人，李阳冰《唐翰林李太白诗序》言陇西成纪人，刘全白《唐翰林李君碣记》言广汉人，曾巩《李太白集后序》言蜀郡人。阳冰为白之友人，其序言："公又疾，草稿万卷，手集未修，枕上授简，俾余为序论。"所言当比较可据。且白《与韩荆州书》亦曰："白陇西布衣。"知以陇西人为是。

其字亦有神话。李阳冰序言："惊姜之夕，长庚入梦，故生而名白，以太白字之。世称太白之精，得之矣。"

凡此皆足以证明李白之才情超轶，故几变为神话中之仙人。李序谓："其言多似天仙之辞。"《旧唐书·文苑传下》言："贺知章见白赏之，曰，'此天上谪仙人也。'"

《旧唐书》又言："少有逸才，志气宏放，飘然有超世之心。……少与鲁中诸生孔巢父、韩沔、裴政、张叔明、陶沔等，隐于徂徕山，酣歌纵酒，时号'竹溪六逸'。天宝初，客游会稽，与道士吴筠隐于剡中，既嗜酒，日与饮徒醉于酒肆。玄宗欲造乐府新词，亟召白，白已卧于酒肆矣。召入，以酒洒面，即令秉笔，顷之成十余章。帝颇嘉之。尝沉醉殿上，引足令高力士脱靴。由是斥去。乃浪迹江湖，日沉饮。时侍御史崔宗之谪官金陵，与白诗酒唱和。尝月夜乘舟，自采石达金陵，白衣宫锦袍，于舟中顾瞻笑傲，旁若无人。"

李序言："天宝中，皇祖下诏征就，金马降辇步迎，如见绮皓，以七宝床赐食，御手调羹以饭之。"

乐史《李翰林别集序》言："开元中，禁中初种木芍药，即今牡丹也，得四本，红紫浅红通白者，上因移植于兴庆池东，沉香亭前。会花方繁开，上乘照夜车，太真妃以步辇从。诏选梨园子弟中尤者，得乐十六色。李龟年以歌擅一时之名，手捧檀板，押众乐前，将欲歌之，上曰，'赏名花，对妃子，焉用旧乐。'辞焉。遽命龟年持金花笺，宣赐翰林供奉李白立进《清平调》辞三章。白欣然承诏旨，由若宿醒未解，因援笔赋之。其一曰：

云想衣裳花想容，春风拂槛露华浓。
若非群玉山头见，会向瑶台月下逢。

其二曰：

一枝红艳露凝香，云雨巫山枉断肠。
借问汉宫谁得似，可怜飞燕倚新妆！

其三曰：

名花倾国两相欢，长得君王带笑看。
解释春风无限恨，沉香亭北倚阑干。

龟年以歌辞进，主命梨园子弟略约调抚丝竹，遂促龟年以歌之。太真妃持颇梨七宝杯，酌西凉州蒲萄酒，笑领歌辞，意甚厚。上因调玉笛以倚曲。每曲遍将换，则迟其声以媚之。太真妃饮罢，敛绣巾重拜。"

乐府至李白，其境界益加丰富。有游仙诗，如《古有所思行》《风笙篇》《飞龙引》《怀仙歌》《玉真仙人词》《元丹丘歌》。

《飞龙引》二首之一：

> 鼎湖流水清且闲，轩辕去时有弓剑，古人传道留其间。后宫婵娟多花颜，秉鸾飞烟亦不还，骑龙攀天造天关。造天关，闻天语，长云河车载玉女。载玉女，过紫皇，紫皇乃赐白兔所捣之药方，后天而老凋三光。下视瑶池见王母，蛾眉萧飒如秋霜。

有咏史诗，如《中山孺子歌》《仙人劝酒》《白头吟》。

白头吟

> 锦水东北流，波荡双鸳鸯。雄巢汉宫树，雌弄秦草芳。宁同万死碎绮翼，不忍云间两分张。此时阿娇正娇妒，独坐长门愁日暮。但愿君恩顾妾深，岂惜黄金买词赋？相如作赋得黄金，丈夫好新多异心。一朝将聘茂陵女，文君因赠《白头吟》。东流不作西归水，落花辞条羞故林。
>
> 兔丝固无情，随风任倾倒。谁使女萝枝，而来强萦抱。两草犹一心，人心不如草。莫卷龙须席，从他生网丝。且留琥珀枕，或有梦来时。覆水再收岂满杯？弃妾已去难重回。古来得意不相负，只今惟见青陵台。

有吊古诗，如《金陵歌送别范宣》：

> 石头巉岩如虎踞，凌波欲过沧江去。
> 钟山龙盘走势来，秀色横分历阳树。

四十余帝三百秋，功名事迹随东流。
白马小儿谁家子，泰清之岁来关囚。
金陵昔时何壮哉！席卷英豪天下来。
冠盖散为烟雾尽，金舆玉座成寒灰。
扣剑悲吟空咄嗟，梁陈白骨乱如麻。
天子龙沉景阳井，谁歌《玉树后庭花》？
此地伤心不能道，目下离离长春草。
送尔长江万里心，他年来访南山老。

有情歌，如《杨叛儿》《双燕离》《久离别》《采莲曲》《长干行》
《独不见》《白纻篇》《陌上桑》《捣衣篇》。

采莲曲

若耶溪傍采莲女，笑隔荷花共人语。
日照新妆水底明，风飘香袂空中举。

岸上谁家游冶郎，三三五五映垂杨。
紫骝嘶入落花去，见此踟蹰空断肠。

《长干行》二首之一：

妾发初覆额，折花门前剧。
郎骑竹马来，绕床弄青梅。
同居长干里，两小无嫌猜。
十四为君妇，羞颜未尝开。
低头向暗壁，千唤不一回。
十五始展眉，愿同尘与灰。
常存抱柱信，岂上望夫台？
十六君远行，瞿塘滟滪堆。
五月不可触，猿声天上哀。
门前迟行迹，一一生绿苔。
苔深不可扫，落叶秋风早。

八月蝴蝶来，双飞西园草。

感此伤妾心，坐愁红颜老。

早晚下三巴，预将书报家。

相迎不道远，直至长风沙。

有英雄诗，如《临江王节士歌》《司马将军歌》《扶风豪士歌》。

司马将军歌

狂风吹古月，窃弄章华台。北落明星动光彩，南征猛将如云雷。手中电击倚天剑，直斩长鲸海水开。我见楼船壮心目，颇似龙骧下三蜀。扬兵习战张虎旗，江中白浪如银屋。身居玉帐临河魁，紫髯若戟冠崔嵬。细柳开营揖天子，始知灞上为婴孩。羌笛横吹《阿韩回》，向月楼中吹《落梅》。将军自起舞长剑，壮士呼声动九垓。功成献凯见明主，丹青画像麒麟台。

有凯旋歌，如《出自蓟北门行》：

虏阵横北荒，胡星耀精芒。

羽书速惊电，烽火昼连光。

虎竹救边急，戎军森已行。

明主不安席，按剑心飞扬。

推毂出猛将，连旗登战场。

兵威冲绝幕，杀气凌穹苍。

列卒赤山下，开营紫塞傍。

孟冬沙风紧，旌旗飒凋伤。

画角悲海月，征衣卷天霜。

挥刃斩楼兰，弯弓射贤王。

单于一平荡，种落自奔亡。

收功报天子，行歌归咸阳。

有抒怀诗，如《将进酒》《襄阳歌》《笑歌行》《悲歌行》。

将进酒

　　君不见黄河之水天上来，奔流到海不复回！君不见高堂明镜悲白发，朝如青丝暮成雪！人生得意须尽欢，莫使金樽空对月。天生我材必有用，千金散尽还复来。烹羊宰牛且为乐，会须一饮三百杯。岑夫子，丹丘生，将进酒，君莫停。与君歌一曲，请君为我侧耳听：钟鼓馔玉不足贵，但愿长醉不愿醒。古来圣贤皆寂寞，惟有饮者留其名。陈王昔时宴平乐，斗酒十千恣欢谑。主人何为言少钱，径须沽取对君酌。五花马，千金裘，呼儿将出换美酒，与尔同销万古愁。

襄阳歌

　　落日欲没岘山西，倒着接篱花下迷。襄阳小儿齐拍手，拦街争唱《白铜鞮》。傍人借问笑何事，笑杀山翁醉似泥。鸬鹚杓，鹦鹉杯，百年三万六千日，一日须倾三百杯。遥看汉水鸭头绿，恰似蒲萄初发醅。此江若变作春酒，垒曲便筑糟丘台。千金骏马换小妾，笑坐雕鞍歌《落梅》。车傍侧挂一壶酒，凤笙龙管行相催。咸阳市中叹黄犬，何如月下倾金罍？君不见晋朝羊公一片石，龟头剥落生莓苔。泪亦不能为之堕，心亦不能为之哀。清风朗月不用一钱买，玉山自倒非人推。舒州杓，力士铛，李白与尔同死生。襄王云雨今安在，江水东流猿夜声。

　　可以赠别，如《鸣皋歌奉饯从翁清归五崖山居》《白雪歌送刘十六归山》《峨眉山月歌送蜀僧晏入中京》《西岳云台送丹丘子》《鸣皋歌送岑徵君》。

白雪歌送刘十六归山

　　楚山秦山皆白云，白云处处长随君。

　　长随君，君入楚山里，云亦随君渡湘水。

　　湘水上，女萝衣，白云堪卧君早归！

　　可以题书画，如《同族弟金城尉叔卿烛照山水壁画歌》《当涂赵炎少府粉图山水歌》《草书歌行》。

草书歌行

少年上人号怀素，草书天下称独步。

墨池飞出北溟鱼，笔锋杀尽中山兔。

八月九月天气凉，酒徒词客满高堂。

笺麻素绢排数箱，宣州石砚墨色光。

吾师醉后倚绳床，须臾扫尽数千张。

飘风骤雨惊飒飒，落花飞雪何茫茫！

起来向壁不停手，一行数字大如斗。

恍恍如闻神鬼惊，时时只见龙蛇走。

左盘右蹙如惊电，状同楚汉相攻战。

湖南七郡凡几家，家家屏障书题遍。

王逸少，张伯英，古来几许浪得名。

张颠老死不足数，我师此义不师古。

古来万事贵天生，何必要公孙大娘浑脱舞？

可以歌咏自然，如《侍从宜春苑奉诏赋龙池柳色初青听新莺百啭歌》：

东风已绿瀛洲草，紫殿红楼觉春好。池南柳色半青青，萦烟袅娜拂绮城。垂丝百尺挂雕楹，上有好鸟相和鸣，间关早得春风情。春风卷入碧云去，千门万户皆春声。是时君王在镐京，五云垂晖耀紫清。仗出金宫随日转，天回玉辇绕花行。始向蓬莱看舞鹤，还过茝石听新莺。新莺飞绕上林苑，愿入箫韶杂凤笙。

可以描写关山道路，如《关山月》《塞下曲》《蜀道难》《行路难》。

关山月

明月出天山，苍茫云海间，

长风几万里，吹度玉门关。

汉下白登道，胡窥青海湾。

　　由来征战地，不见有人还。

　　戍客望边邑，思归多苦颜。

　　高楼当此夜，叹息未应闲。

蜀道难

　　噫吁嚱，危乎高哉！蜀道之难，难于上青天！蚕丛及鱼凫，开国何茫然，尔来四万八千岁，不与秦塞通人烟。西当太白有鸟道，可以横绝峨眉巅。地崩山摧壮士死，然后天梯石栈相钩连。上有六龙回日之高标，下有冲波逆折之回川。黄鹤之飞尚不得过，猿猱欲度愁攀援。青泥何盘盘，百步九折萦岩峦。扪参历井仰胁息，以手抚膺坐长叹！问君西游何时还？畏途巉岩不可攀。但见悲鸟号古木，雄飞雌从绕林间。又闻子规啼夜月，愁空山。

　　蜀道之难，难于上青天，使人听此凋朱颜。连峰去天不盈尺，枯松倒挂倚绝壁。飞湍瀑流争喧豗，砯崖转石万壑雷。其险也如此，嗟尔远道之人胡为乎来哉！剑阁峥嵘而崔嵬，一夫当关，万夫莫开。所守或匪亲，化为狼与豺。朝避猛虎，夕避长蛇。磨牙吮血，杀人如麻。锦城虽云乐，不如早还家。蜀道之难，难于上青天，侧身西望长咨嗟！

　　吾尝以为乐府中有李白，如词中之有苏轼。胡适之先生《词选》谓自苏轼以后，"词可以咏史，可以吊古，可以说理，可以谈禅，可以用象征寄幽妙之思，可以借音节述悲壮或怨抑之怀"。**商务精装本，页100。**故词至苏轼而范围始放大，乐府亦至李白而领土益扩充。

　　此就境界言也。就风格而言，苏轼之词、李白之乐府，亦有同样价值！陆游曰："东坡词，歌之曲终，觉天风海雨逼人。"**引见胡适《词选》。**李白乐府亦有此种气魄，且于此种气魄外，益以天马行空之仙气，故弥觉其"孤凤鸣天倪"，**李白《古风》三十九。**"天外恣飘扬"，**《古风》四十一。**而我辈尘寰俗子，遂视如"姑射仙人"，可望而不可即焉。

　　其遣词造句，更有极大胆，极恣纵之尝试与成功。昔人谓：

"退之以文为诗，子瞻以诗为词。"_{陈师道}李白则更加解放，以"一切文学为乐府"。姑就兹篇所举数首，论举于下。

如曰：

> 泪亦不能为之堕，心亦不能为之哀。《襄阳歌》。

如曰：

> 清风朗月不用一钱买，玉山自倒非人推。同上。

如曰：

> 地崩山摧壮士死，然后天梯石栈相钩连。上有六龙回日之高标，下有冲波逆折之回川。黄鹤之飞尚不得过，猿猱欲度愁攀援。《蜀道难》。

如曰：

> 一夫当关，万夫莫开。同上。

如曰：

> 朝避猛虎，夕避长蛇。磨牙吮血，杀人如麻。同上。

若仅睹单句，不见全文，不唯不似乐府，亦且不似诗词，而取全篇读之，觉增此全幅俱振，觉增此益感凌空蹈厉之妙。——此亦以前所无，至李白而始有者也。

> 饭颗山头逢杜甫，顶戴笠子日卓午。
> 借问因何太瘦生，总为从前作诗苦。
>
> ——李白

　　杜甫字子美，本襄阳人，后徙河南巩县。天宝初，应进士不第。天宝末，献《三大礼赋》，玄宗奇之，试文章，授京兆府兵曹参军。安禄山陷京师，肃宗征名灵武，甫自京师宵遁赴河西谒肃宗于彭原郡，拜拾遗。后以为房琯辩护，贬华州司功参军。上元二年，严武镇成都，奏为节度参谋检校尚书工部员外郎。甫于成都浣花里，种竹植树，结庐枕江，纵酒啸咏，与田夫野老相狎荡，无拘检。严武过之，有时不冠，其傲诞如此。永泰元年，武卒，甫无所依，以其家避乱荆楚，二年卒，年五十九。据《旧唐书》一九〇下。

　　《旧唐书》言："天宝末，甫与李白齐名，而白自负文格放达，讥甫龌龊，而有'饭颗山'之嘲诮。"然元稹则盛推杜甫，鄙弃李白，谓："李白以文奇取称，时人谓之李杜。予观其壮浪纵恣，摆去拘束，模写物象，及乐府歌诗，诚亦差肩于子美矣。至若铺张终始，排比声韵，大或千言，次或数百，词气豪迈，而风调清深，属对律切，而脱弃凡近，则李尚不能历其藩翰，况堂奥乎？"盖李以才气胜，杜以功力胜，李白"饭颗山"之诮，正可以见出杜甫之精神，杜诗之功力。其乐府歌行，最精彩者，自为人人称诵之《兵车行》《丽人行》及前后《出塞》等篇。

兵车行

　　车辚辚，马萧萧，行人弓箭各在腰。耶娘妻子走相送，尘埃不见咸阳桥。牵衣顿足拦道哭，哭声直上干云霄。道傍过者问行人，行人但云点行频。或从十五北防河，便至四十西营田。去时里正与裹头，归来头白还戍边。边庭流血成海水，武皇开边意未已。君不见，汉家山东二百州，千村万落生荆杞。纵有健妇把锄犁，禾生陇亩无东西。况复秦兵耐苦战，被驱不异犬与鸡。长者虽有问，役夫敢申恨。且如今年冬，未休关西卒。县官急索租，租税从何出。信是生男恶，反是生女好。生女犹得嫁比邻，生男埋没随百草。君不见，青海头，古来白骨无人收。新鬼烦冤旧鬼哭，天阴雨湿声啾啾。

丽人行

　　三月三日天气新，长安水边多丽人。态浓意远淑且真，肌理细腻骨肉匀。绣罗衣裳照暮春，蹙金孔雀银麒麟。头上何所有？翠微盍叶垂鬓唇。背后何所见？珠压腰衱稳称身。就中云幕椒房亲，赐名大国虢与秦。紫驼之峰出翠釜，水精之盘行素鳞。犀箸厌饫久未下，鸾刀缕切空纷纶。黄门飞鞚不动尘，御厨络绎送八珍。箫鼓哀吟感鬼神，宾从杂沓实要津。后来鞍马何逡巡，当轩下马入锦茵。杨花雪落覆白蘋，青鸟飞去衔红巾。炙手可热势绝伦，慎莫近前丞相嗔。

《前出塞》：九首录二。

　　　　驱马天雨雪，军行入高山。
　　　　径危抱寒石，指落层冰间。
　　　　已去汉月远，何时筑城还？
　　　　浮云暮南征，可望不可攀。

　　　　单于寇我垒，百里风尘昏。
　　　　雄剑四五动，彼军为我奔。
　　　　虏其名王归，系颈授辕门。
　　　　潜身备行列，一胜何足论。

《后出塞》：五首录一。

　　　　朝进东门营，暮上河阳桥。
　　　　落日照大旗，马鸣风萧萧。
　　　　平沙列万幕，部伍各见招。
　　　　中天悬明月，令严夜寂寥。
　　　　悲笳数声动，壮士惨不骄。
　　　　借问大将谁？恐是霍嫖姚。

唐初以至中世,诗人词士,力反南朝绮縠缠绵之习,走入雄阔壮伟之域,固能为文学开辟许多新境界、新风格。但末流之弊,文人喜说壮语,成功一种"夸大狂"之风气。及安史之乱,两京沦陷,唐室几亡,太平之迷梦已破,大祸之逼迫已临,"夸大狂"之"纸老虎",已完全揭穿。由是如梦初醒,趋渐走入实在一方面,由"夸大狂"变为忧国忧民,由歌舞升平变为伤感乱离,由凌空蹈虚、空中楼阁,变为脚踏实地、社会风俗;总之由奢靡、名贵、暇逸、优越之"仙"的文学,变为切实、质朴、紧迫、平常之"人"的文学。

杜甫前后《出塞》,尚稍有"夸大狂"之风,《兵车行》《丽人行》等篇,则完全走向写实路上。此亦治文学史者所当特别注意者也。

《丽人行》为杨贵妃姊妹而发;于时杨国忠为宰相,贵妃姊妹虢国夫人、秦国夫人,皆受恩宠,有大权势,极奢靡淫肆之至,故甫作诗以刺之。《兵车行》为当时强征兵丁而发;于时契丹、奚、突厥、吐蕃等,屡次扰边,唐室屡次出兵讨伐。天宝十载,剑南节度使鲜于仲通讨云南蛮,大败,诏募两京及河南河北兵,人民不欲应募,杨国忠遣御史分道捕人,枷送军前。杜甫历游各地,备知民间所受征兵之苦,为作《兵车行》。故《丽人行》《兵车行》皆刺政治权贵之作。

政治与社会,互为因果。社会紊乱,能使政治不安;政治紊乱,亦能使社会不安。天宝间,政治既如此紊乱,社会又何得安宁?杜甫对当时社会上种种乱离不安之苦况,更触目怵心,遂发为写实之乐府诗歌;例不胜举,而《新安吏》《潼关吏》《石壕吏》《新婚别》《垂老别》《无家别》等章,最为描写尽致,为士林人人所传诵。

新安吏

客行新安道,喧呼闻点兵。借问新安吏:"县小更无丁?""府帖昨夜下，次选中男行。""中男绝短小，何以守王城？"肥男有母送，瘦男独伶俜。白水暮东流，青山犹哭声。莫自使眼枯，收汝泪纵横。眼枯即见骨，天地终无情。……

无家别

寂寞天宝后，园庐但蒿藜。

我里百余家，世乱各东西。

存者无消息，死者为尘泥。

贱子因阵败，归来寻旧蹊。

久行见空巷，日瘦气惨凄。

但对狐与狸，竖毛怒我啼。

四邻何所有？一二老寡妻。

宿鸟恋本枝，安辞且穷栖。

方春独荷锄，日暮还灌畦。

县吏知我至，召令习鼓鞞。

虽从本州役，内顾无所携。

近行止一身，远去终转迷。

家乡既荡尽，远近理亦齐。

永痛长病母，五年委沟溪。

生我不得力，终身两酸嘶。

人生无家别，何以为烝黎！

杜甫对于农民问题、妇女问题、工人问题，亦极注意。农民问题诗，如《大麦行》：

大麦干枯小麦黄，妇女行泣夫走藏。

东至集壁西梁洋，问谁腰镰胡与羌？

岂无蜀兵三千人，簿领辛苦江山长。

安得如鸟有羽翅，托身白云归故乡。

妇女问题诗，如《负薪行》：

夔州处女发半华，四十五十无夫家。

更遭丧乱嫁不售，一生抱恨长咨嗟。

土风坐男使女立，应当门户女出入。

十犹八九负薪归，卖薪得钱应供给。

至老双鬟只垂颈，野花山叶银钗并。

筋力登危集市门，死生射利兼盐井。

面妆首饰杂啼痕，地褊衣寒困石根。

若道巫山女粗丑，何得此有昭君村？

工人问题诗，如《最能行》：刘须溪谓"最能"为水手。

峡中丈夫绝轻死，少在公门多在水。

富豪有钱驾大舸，贫穷取给行艓子。

敧帆侧舵入波涛，撇漩捎濆无险阻。

朝发白帝暮江陵，顷来目击信有征。

瞿唐漫天虎须怒，归州长年行最能。

此乡之人器量窄，误竞南风疏北客。

若道士无英俊才，何得山有屈原宅？

杜甫以前，自唐初以至李白，多贵族阶级文学、大夫阶级文学，自杜甫始留心社会状况，着眼民间疾苦，其表现之作品，多为平民阶级文学、农工阶级文学。此其原因，大半因为两时期之政治与经济，皆截然不同，而杜甫之一生流离坎坷，亦有关焉。

天宝以前，为唐朝全盛时代，有极修明之政治，极繁荣之经济，故产生之诗歌乐章，非歌舞升平，即风花酒月。天宝以后，因政治之腐败，招军事之兴起；因军事之兴起，致经济之破裂；由是士庶兆民，颠沛失所。在此种悲苦、呻吟、号寒、啼饥之环境中，自然不能仍为欢呼、笑傲、豪华、奢靡之贵族士夫文学，自然产生代表民众呼吁之平民农工文学。杜甫诗曰：

> 历历开元事，分明在眼前。
>
> 无端盗贼起，忽已岁时迁。

又有《忆昔》一首曰：

> 忆昔开元全盛日，小邑犹藏万家室。稻米流脂粟米白，公私仓廪俱丰实。……宫中圣人奏《云门》，天下朋友皆胶漆。百余年间未灾变，叔孙礼乐萧何律。岂闻一绢值万钱，有田种谷今流血！洛阳宫殿烧焚尽，宗庙新除狐兔穴。伤心不忍问耆旧，复恐初从离乱说！

据此知两时代之政治、经济、社会，皆截然不同，故文学亦随之迥异。——此杜甫承初盛唐贵族文学之后，而走入平民文学之源于时代者也。至其自身境遇，更与初盛唐诗人不同，与李白尤不同。李白一生为诗酒生活、浪漫生活，故其乐歌充满超人意味，超现在意味。杜甫则不然，自叙言：

> ……骑驴三十载，旅食京华春。朝扣富儿门，暮随肥马尘。残杯与冷炙，到处潜悲辛。主上顷见征，欻然欲求伸。青冥却垂翅，蹭蹬无纵鳞。
>
> ——《奉赠韦左丞丈》

杜甫一生在坎坷蹭蹬中挣扎，在饥寒穷迫中讨生活，其所作诗歌及他人记载中，逐处可见。最甚者如乾元二年，甫弃官客秦州同谷县，自负薪采橡栗自给，儿女饿殍者数人。兼采新旧《唐书》。至今读其《同谷七歌》，犹为之潸然泪下。——则其表现之文学，乌能为歌舞升平？乌能不走入代表民众呼吁之平民文学？

　　以上皆论思想一方面、内容一方面。就艺术一方面、形式一方面言，杜甫亦与其以前人不同，与李白尤不同：自唐初以至李白，作诗者皆从乐府入手，格调形式，极解放、极自然、极从容。杜甫则"属对律切",究心声调,自言"老去渐知诗律细",又言"语不惊人死不休"。李白亦有"饭颗山头"之讥,知渐走入规律一途,渐走入艰难缔造一途。参阅下论《韩门师弟》一节。——此亦两时代之绝不同者也。

大历贞元间(西元 766—804)之乐府词人,以韩门师弟及柳刘王建为最著,今先叙韩门师弟:

韩愈为古文大家,其里居行实,昭昭在人耳目,考辩叙次,拟俟《骈散文编》,今不赘述。韩愈时代,唐人以乐府为诗之运动,已经成功,由是其名为乐府者,完全似诗,其名为诗者,以古体诗为最。亦有乐府之风味。此种趋势,自唐初即极力酝酿,中间经许多大词人之尝试与努力,至李杜韩柳,遂告成熟。为诗中开许多境界,增许多风格,其贡献确为不少。然专就"乐府文学"而论,则彼辈之运动,实致命伤之主因,故乐府遂失其特殊之地位而不能存在。但音乐文学,为人类之急需品,为人类之重要要求,故乐府文学遂脱胎再世,变为小词,又别求新生命矣。

韩愈以文为诗,亦以文为乐府。其乐府有《拘幽操》《越裳操》《岐山操》《履霜操》《雉朝飞操》《猗兰操》《将归操》《龟山操》《别鹤操》等篇。

履霜操

父兮儿寒,母兮儿饥。儿罪当笞,逐儿何为?
儿在中野,以宿以处。四无人声,谁与儿语?
儿寒何衣?儿饥何食?儿行于野,履霜以足。
母生众儿,有母怜之。独无母怜,儿宁不悲?

雉朝飞操

雉之飞于朝日,群雌孤雄,意气横出。当东而西,当啄而飞,随飞随啄,群雌粥粥。嗟我虽人,曾不如彼雉鸡。生身七十年,无一妾与妃!

《旧唐书》一百六十言韩愈"少时，与洛阳人孟郊，东郡人张籍友善，二人名位未振，愈不避寒暑，称荐于公卿间。籍终成科第，荣于禄仕。后虽通贵，每退公之暇，则相与谈宴论文赋诗如平昔焉，而观诸权门豪士如仆隶焉"。

孟郊，字东野，湖州人，少隐于嵩山。一生坎坷穷愁，志不得伸。尝作诗曰：

> 食荠肠亦苦，强歌声无欢。
> 出门即有碍，谁谓天地宽？

屡次应试，而后得第。其落第诗云：

> 弃置复弃置，情如刀剑伤。

再下第诗云：

> 两度长安陌，空将泪见花。

及得第，有诗云：

> 昔日龌龊不足夸，今朝放荡思无涯。
> 青风得意马蹄疾，一日看尽长安花！

可见其得之非易，故既得而狂喜也。韩退之答郊诗云：

> 规模背时利，文字觑天巧。
> 人皆余酒肉，子独不得饱。
> 才春思已乱，始秋悲又搅。
> 朝餐动及午，夜讽恒至卯。
> 名声暂膻腥，肠肝镇煎炒。

> 古心虽自鞭，世路终难拗。
> 弱拒喜张臂，猛拿闲缩爪。
> 见倒谁肯扶，从嗔我须咬。

可知郊之穷愁潦倒，郊之性格奇特，郊之努力吟咏。苏轼称：
"元轻，白浊，郊寒，岛瘦。"此虽刻薄之言，然真足形容郊诗
之特别风格。《全唐诗话》八引《隐居诗话》云："孟郊诗蹇涩穷
僻，琢削不暇，苦吟而成，观其句法格力可见矣。"其自谓：

> 夜学晓不休，苦吟神鬼愁。
> 如何不自闲，心与身为仇。

初唐乐章诗歌，极自然、极解放，前已迭经证明；而晚唐则举
世知其尚雕琢、工对仗、极矫揉造作之至。此其转变时期，太
半在大历、贞元之间，而各家文学史，言者极鲜。孟郊诗如此，
与郊同受知于韩愈者有贾岛，《摭言》载：岛初赴名场，于驴上
吟"鸟宿池中树，僧敲月下门"，遇权京兆尹韩吏部，呵喝而不
觉。洎拥至马前，则曰："欲作敲字，又欲作推字，神游诗府，
致冲大官。"愈曰："作敲字佳矣。"

　　此虽近于故事，未必即为事实，然即此可知岛作诗之费斟
酌矣。

　　又有李贺者，亦受知于韩愈。李商隐作贺小传言："能苦吟
疾书。"又言："每旦日出，与诸公游，未尝得题然后为诗，如他
人思量牵合以及程限为意。常从小奚奴，骑跛驴，背一古破锦
囊，遇有所得，即书投囊中。及暮归，太夫人有婢探囊出之，见
所书多，辄曰，'是儿要当呕出心始已耳！'"据此知当时诗人，
多努力"思量牵合以及程限"。李贺虽不如此，然亦"苦吟"，
与唐初之游戏诗乐者迥异。

　　其他大历名士，亦率有雕琢之趋势。刘太真与《韦苏州（应
物）书》称韦诗曰：

> 宋齐间沈谢吴何，始精于理意，缘情体物，备诗人之旨，后
> 之传者，甚矣其源。唯足下制其横流，师挚之始，《关雎》之乱，
> 于足下之文见之矣。

宗师沈谢吴何，知以工整声律为事矣。

《全唐诗话》称刘文房诗："诗体虽不新奇，甚能炼饰，十首
已上，语意稍同，于落句尤甚。"

顾况诗，皇甫湜称其："往往若穿天心，出月胁，意外惊人
语，非常人所能为，甚快意也。"

其他所谓大历十才子，泰半为律诗作家，古体似非所尚。所
以赵执信《谈龙录》曰："声病兴而诗有町畦。然古今体之分，
成于沈宋，开元天宝间或未之尊也。大历以还，其途判然，不
复相入。"

推考此种趋势，虽至大历始成潮流，而滥觞似起举世无间
然之诗圣杜甫。元稹称杜甫诗之胜于李白者，为"排比声韵"，
为"属对律切"。检杜甫诗，虽无体不备，而长律排律。似其专
美。甫前长律极少，有之亦无精彩，杜甫则诚如元稹所言，"大
或千言，次或数百"，并引见前。洋洋大观矣。世人艳称李杜，实
则李杜绝然不同：李白为"仙的"文学，杜甫为"人的"文学；
李白为浪漫派，杜甫为写实派；李白不重声律，杜甫极重声律。
所以李白讥杜甫龌龊，有"饭颗山头"之诮；杜甫亦讥李白不
知诗法，谓"何时一樽酒，重与细论文"。所以李白为初盛唐之
结束者，杜甫为中晚唐之开创者。

今选录孟郊乐府数首：

湘弦怨

昧者理芳草，蒿兰同一锄。
狂飙怒秋林，曲直同一枯。
嘉木忌深蠹，哲人悲巧诬。

灵均入回流，靳尚为良谟。
我愿分众泉，清浊各异渠。
我愿分众巢，枭鸾相远居。
此志谅难保，此情竟何如？
湘弦少知音，孤响空踟蹰！

出门行

长河悠悠去无极，百龄同此可叹息。
秋风白露沾人衣，壮心凋落夺颜色。
少年出门将诉谁，川无梁兮路无歧。
一闻陌上《苦寒奏》，使我伫立惊且悲。
君今得意厌粱肉，岂复念我贫贱时！

折杨柳

杨柳多短枝，短枝多别离。
赠远累攀折，柔条安得垂？
青春有定节，离别无定时。
但恐人别促，不怨来迟迟。
莫言短枝条，中有长相思。
朱颜与绿杨，并在别离期。

张籍，字文昌，贞元十五年登进士第，补太常寺太祝，转国子助教秘书郎。

白乐天读籍诗集云：

张公何为者，业文三十春。
尤攻乐府词，举代少其伦。

姚合读籍诗，有诗云：

妙绝《江南曲》，凄凉《怨女诗》。
古风无敌手，新语是人知。

在此究心声律时代，籍诗实为比较自然者，盖亦独好乐府故耳。姚合欣赏其《江南曲》《怨女诗》，其实，二首似非籍乐府歌诗之最美者。兹举《江南曲》：

> 江南人家多橘树，吴姬舟上织白纻。
> 土地卑湿饶虺蛇，连木为牌入江住。
> 江村亥日常为市，落帆度桥来浦里。
> 青莎覆城竹为屋，无井家家饮潮水。
> 长江午日酤春酒，高高酒旗悬江口。
> 娼楼两岸临水栅，夜唱《竹枝》留北客。
> 江南风土欢乐多，悠悠处处尽经过。

余最爱其《采莲曲》及《节妇吟》：

> 秋江岸边莲子多，采莲女儿凭船歌。
> 青房圆实齐戢戢，争前竞折漾微波。
> 试牵绿茎下寻藕，断处丝多刺伤手。
> 白练束腰袖半卷，不插玉钗妆梳浅。
> 船中未满度前洲，借问阿谁家住远。
> 归时共待暮潮上，自弄芙蓉还荡桨。
>
> ——《采莲曲》
>
> 君知妾有夫，赠妾双明珠。
> 感君缠绵意，系在红罗襦。
> 妾家高楼连苑起，良人执戟明光里。
> 知君用心如日月，事夫誓拟同生死。
> 还君明珠双泪垂，恨不相逢未嫁时！
>
> ——《节妇吟寄东平李司空师道》

籍乐府不唯歌咏风情，亦颇留意社会问题，如《筑城曲》《野老歌》等篇。

野老歌

老农家贫在山住，耕种山田三四亩。
苗疏税多不得食，输入官仓化为土。
岁暮锄犁傍空室，呼儿登山收橡实。
西江贾客珠百斛，船中养犬长食肉。

妇女问题，更所注重，如《离别》《妾薄命》《别离曲》《离妇》
等篇皆是。

别离曲

行人结束出门去，几时更踏门前路。
忆昔君初纳采时，不言身属辽阳戍。
早知今日当别离，成君家计良为谁？
男儿生身自有役，那得误我少年时？
不如逐君征战死，谁能独守空闺里！

李贺亦韩愈弟子列，愈尝与皇甫湜联骑造贺门，贺总角荷
衣而出，为《高轩过》诗以记遇。贺字长吉，李牧之序其文集，
言"贺生二十七年死矣"。

李贺乐府诗词别具特殊风格，古人形容美人曰："冷如秋霜，
艳如桃李。""冷艳"二字，确可为贺词评语。其最有名之作，
为《金铜仙人辞汉歌》。原有序曰："魏明帝青龙元年八月，诏宫
官牵车西取汉孝武捧露盘仙人，欲立置前殿。宫官既拆盘，仙人
临载，乃潸然泪下，唐诸王孙李长吉遂作《金铜仙人辞汉歌》。"
其辞曰：

茂陵刘郎秋风客，夜闻马嘶晓无迹。
画栏桂树悬秋香，三十六宫土花碧。
魏官牵车指千里，东关酸风射眸子。
空将汉月出宫门，忆君清泪如铅水。

> 衰兰送客咸阳道，天若有情天亦老。
> 携盘独出月荒凉，渭城已远波声小。

亦有极哀艳之离曲，如《有如思》：

> 去年陌上歌离曲，今日君书远游蜀。
> 帘外花开二月风，台前泪滴千行竹。
> 琴心与妾肠，此夜断还续。
> 想君白马悬雕弓，世间何处无春风？
> 君心未肯镇如石，妾颜不久如花红。
> 夜残高碧横长河，河上无果空白波。
> 西风未起悲龙梭，年年织素攒双蛾。
> 江山迢递无休绝，泪眼看灯乍明灭。
> 自从孤馆深锁窗，桂花几度圆还缺。
> 鸦鸦向晓鸣森木，风过池塘响丛玉。
> 白日萧条梦不成，桥南更问仙人卜。

极艳丽之情歌，如《少年乐》：

> 芳草落花如锦地，二十长游醉乡里。
> 红缨不重白马骄，垂柳金丝香拂水。
> 英娥未笑花未开，绿鬓耸堕兰云起。
> 陆郎倚醉牵罗袂，夺得宝钗金翡翠。

韩愈、孟郊、张籍朋友，有卢仝者，自号玉川子，为元和间有数诗人，然乐府词极少。其实此时代之乐府与诗，已完全冶为一炉。所谓乐府者，不过依傍乐府古题，或漫名为"歌"，为"行"，为"曲"者耳，其实与诗已不能分别。故此时代为"诗乐合一时代"，亦即乐府渐趋衰亡时代。

全依傍乐府古题者，似只有《有所思》：

当时我醉美人家，美人颜色娇如花。今日美人弃我去，青楼珠箔天之涯。天涯娟娟妲娥月，三五二八盈又缺。翠眼蝉鬓生别离，一望不见心断绝。心断绝，几千里，梦中醉卧巫山云，觉来泪滴湘江水。湘江两岸花木深，美人不见愁人心。含愁更奏绿绮琴，调高弦绝无知音。美人兮美人，不为暮雨兮为朝云。相思一夜梅花发，忽然窗前疑是君。

漫名为歌、行、曲者，亦不多见，《楼上女儿曲》为极哀艳之恋歌：

谁家女儿楼上头，指挥婢子挂帘钩。林花撩乱心之愁，卷却罗袖弹筝篌。筝篌历乱五六弦，罗袖掩面啼向天。相思弦断情不断，落花纷纷心欲穿。心欲穿，凭栏杆。相忆柳条绿，相思锦帐寒。直缘感君恩爱一回顾，使我双泪长珊珊。我有娇靥待君笑，我有娇蛾待君扫。莺花烂熳君不来，及至君来花已老。心肠寸断谁得知，玉阶幂历生青草。

王建，字仲初，颍川人。大历十年进士。初为渭南尉，历秘书丞，侍御史。太（大）和中出为陕州司马，从军塞上。后归咸阳，卜居原上。工乐府，与张籍齐名。

建亦颇留意妇女问题、社会问题，如《促促行》：一作《促刺调》。

促刺复促刺，水中无鱼山无石。少年虽嫁不得归，头白犹著父母衣。田边旧宅非我有，我身不及逐鸡飞。出门若有归死处，猛虎当衢向前去。百年不遗踏君门，在家谁唤为新妇？岂不见他邻舍娘，嫁来常在舅姑傍？

再如《当窗织》：

叹息复叹息，园中有枣行人食。贫家女为富家织，翁母隔墙不得力。水寒，手涩，丝脆断。续来，续去，心肠烂。草虫促促机下啼，两日织成一匹半。输官上顶有零落，姑未得衣身不著。
当窗却羡青楼娟，十指不动衣盈箱。

"却羡青楼娟"，真赤裸而大胆之表情也。

再如《水夫谣》：

> 苦哉生长当驿边，官家使我牵驿船。
> 辛苦日多乐日少，水宿沙行如海鸟。
> 逆风上水万斛重，前驿迢迢后淼淼。
> 半夜缘堤雪和雨，受他驱遣还复去。
> 衣寒衣湿披短蓑，臆穿足裂忍痛何？
> 到明辛苦无处说，齐声腾踏牵船出。
> 一间茆屋何所宜？父母之乡去不得！
> 我愿此水作平田，长使水夫不怨天。

建乐府歌词有极富尝试精神，极具特别词采者，如《宛转词》：

> 宛宛转转胜上纱，红红绿绿苑中花。
> 纷纷泊泊夜飞鸦，寂寂寞寞离人家。

古　谣
一东一西陇头水，一聚一散天边霞。
一来一去道上客，一颠一倒池中麻。

两头纤纤
两头纤纤青玉玦，半白半黑头上发。
偪偪仆仆春冰裂，磊磊落落桃花结。

柳宗元与刘禹锡为挚友，然柳宗元以文名家，刘禹锡以诗名家。故柳诗才当刘诗三分一。全唐诗柳四卷，刘十二卷。至于乐府词，则柳宗元更极寥寥。有《古东门行》一首，无甚精彩。此外《行路难》三首，尚比较可观。兹录一首：

> 飞雪断道冰成梁，侯家炽炭雕玉房。
> 蟠龙吐耀虎喙张，熊蹲豹踯争低昂。
> 攒峦丛嶂射朱光，丹霞翠雾飘奇香。
> 美人四向回明珰，雪山冰谷晞太阳。
> 星躔奔走不得止，奄忽双燕栖虹梁。
> 风台露榭生光饰，死灰弃置参与商。
> 盛时一去贵反贱，桃笙葵扇安可当？

刘禹锡与柳宗元为友，亦与白居易为友，居易尝叙其诗曰："彭城刘梦得，诗豪者也，其锋森然，少敢事者。"

禹锡乐府诗词亦以社会、男女，诸目前问题为多。今略举数首：

插田歌

原有序云："莲州城下俯接村墟，偶登郡楼，适有所感，遂书其事为俚歌，以俟采诗者。"

> 冈头花草齐，燕子东西飞。
> 田塍望如线，白水光参差。
> 农妇白纻裙，农父绿蓑衣。
> 齐唱田中歌，嘤伫如竹枝。
> 但闻怨响音，不辨俚语词。
> 时时一大笑，此必相嘲嗤。
> 水平苗漠漠，烟火生墟落。
> 黄犬往复还，赤鸡鸣且啄。
> 路旁谁家郎，乌帽衫袖长。
> 自言上计吏，年幼离帝乡。
> 田夫语计吏，君家侬定谙，
> 一来长安道，眼大不相参。

计吏笑致辞，长安真大处。
省门高轲峨，侬入无度数。
昨来补卫士，唯用筒竹布。
君看二三年，我作官人去。

泰娘歌

原有序云："泰娘本韦尚书家主讴者。初尚书为吴郡得之，命乐工诲之琵琶，使之歌且舞。无何，尽得其术。居一二岁，携之以归京师。京师多新声善工，于是又舍去故技，以新声度曲。而泰娘名字往往见称于贵游之间。元和初，尚书薨于东京，泰娘出居民间，久之，为蕲州刺史张愻所得。其后愻坐事谪居武陵郡。愻卒，泰娘无所归，地荒且远，无有能知其容与艺者，故日抱乐器而哭，其音焦杀以悲。客闻之，为歌其事以续于乐府云。"

泰娘家本闾门西，门前绿水环金堤。
有时妆成好天气，走上皋桥折花戏。
风流太守韦尚书，路傍忽见停隼旗，
斗量明珠鸟传意，绀幰迎入专城居。
长鬟如云衣似雾，锦茵罗荐承轻步。
舞学惊鸿水榭春，歌传上客兰堂暮。
从郎西入帝城中，贵游簪组香帘栊。
低鬟缓视抱明月，纤指破拨生胡风。
繁华一旦有消歇，题剑无光履声绝。
洛阳旧宅生草莱，杜陵萧萧松柏哀。
妆奁虫网厚如茧，博山炉侧倾寒灰。
蕲州刺史张公子，白马新到铜驼里。
自言买笑掷黄金，月堕云中从此始。
安知鹏鸟座隅飞，寂寞旅魂招不归。
秦嘉镜有前时结，韩寿香销故箧衣。

山城少人江水碧，断雁哀猿风雨夕。

朱弦已绝为知音，云鬓未秋私自惜。

举目风烟非旧时，梦寻归路多参差。

如何将此千行泪，更洒湘江斑竹枝。

　　初盛唐诗人，率皆努力作乐府新词，但未明目张胆，树"新乐府"之旗帜；首树"新乐府"之旗帜者，似为白乐天？白乐天有"新乐府"五十首。自序虽言："其体顺而律，可以播于乐章歌曲也。"然又曰："篇无定句，句无定字，系于意，不系于文。"则知彼绝不模仿古乐府，故特标一"新"字以别之。

　　于时乐天知友有元微之者，虽有"乐府古题"若干首，然自序言："沿袭古题，唱和重复，于文或有短长，于义咸为赘剩。……近代唯诗人杜甫《悲陈陶》《哀江头》《兵车》《丽人》等，凡所歌行，率皆即事名篇，无复倚傍。余少时与友人乐天李公垂辈，谓是为当，遂不复拟赋古题。"即其所作"古乐府题"，亦非模仿古乐府，不过借古乐府题以名篇耳。故不曰"古乐府"，而曰"古乐府题"。自序言："昨梁州见进士刘猛、李馀各赋古乐府诗数十首，其中一二十章，咸有新意，余因选而和之。其有虽用古题，全无古意者，若《出门行》不言离别，《将进酒》特书列女之类是也。其或颇同古义，全创新词者，则《田家》止述军输，《捉捕词》先蝼蚁之类是也。"则虽用古题，全出新创。故唐代依旧曲、制新词事业，至此遂告终止，唐代以乐府为诗事业，至此遂告大成。杜甫歌行虽"即事名篇，无复倚傍"，然未以"即事名篇，无复倚傍"为口号，未彰明较著对古乐府宣告独立。对古乐府宣告独立，以"即事名篇，无复倚傍"为口号，实始元、白。白乐天虽自谓"其体顺而律，可以播于乐章歌曲也"，然未闻曾"播于乐章"。故对古乐府宣告独立之时，即乐府歌词寿终正寝之时。故兹《乐府编》叙至元白而止；后此虽间有一二诗人，模仿古乐府，但亦不成风气，无叙次之价值矣。

元微之，名稹，河南人，北魏拓跋氏帝室之后裔也。九岁能属文，少年登"才识兼茂明于体用"科第一。穆宗即位，知制诰。《新唐书》谓其"变诏书体，务纯厚明切，盛传一时"。两年之中，拜为宰相。后出为同州刺史，转越州。文宗三年（829），拜尚书左丞。四年（830），检校户部尚书，兼鄂州刺史、御史大夫、武昌军制度使。五年（831），死于武昌，距生于代宗十四年（779），年五十三。

白乐天，名居易，下邽人，生于大历七年（772）。自序言生六七月时，已能默识"之""无"二字。《与元九书》。登贞元十四年（798）进士，授秘书省校书郎。宪宗元和初，历官翰林学士，左拾遗。后贬江州司马，量移忠州刺史。十四年，召还京师，明年，升主客郎，与元微之同知制诰。文宗朝，历太子宾客，分司东都，河南尹，太子少傅。武宗会昌中，以刑部尚书致仕。晚与香山僧如满结香火社，自号香山居士。《新唐书》及李商隐所撰墓志谓死于会昌六年（846），则年七十五；《旧唐书》谓死于大中元年（847），则年七十六。

元、白于乐府诗歌，最推崇杜甫，对于杜甫之讥弹时政，注重社会问题，特别提倡，与以理论的根据，铸成主义以宣传，倡导、模仿、创造。元微之《唐故工部员外郎杜君墓系铭序》曰：

> 至于子美，盖所谓上薄《风骚》，下该沈宋，古傍苏李，气夺曹刘，掩颜谢之孤高，杂徐庾之流丽，尽得古人之体势，而兼人人之所独专矣。使仲尼考锻其旨要，尚知贵其多乎哉？苟以为能所不能，无可不可，则诗人以来，未有如子美者。

又《叙诗寄乐天书》曰：

> 又久之，得杜甫诗数百首，爱其浩荡津涯，处处臻到，始病沈宋之不存寄兴，而讶子昂（陈）之未暇旁备矣。

白乐天《与元九书》曰：

> 世称李杜。李之作，才矣，奇矣，人不迫矣！索其风雅比兴，十无一焉。杜诗最多，可传者千余首。至于贯穿今古，觇缕格律，尽工尽善，又过于李。然撮其《新安》《石壕》《潼关吏》《芦子关》《花门》之章，"朱门酒肉臭，路有冻死骨"之句，亦不过三四十首。杜尚如此，况不迫杜者乎？

杜甫虽多社会问题诗，然并未提倡社会问题诗，并未反对作诗而不注重社会。故可归入写实派，不能称为写实主义者。元、白始可称为写实主义者，不唯作社会问题诗，且提倡社会问题诗，反对作诗而不注重社会。白有《与元九书》，元有《叙诗寄乐天书》，为元、白对文学之宣言书。元《书》曰：

> 稹……年十五六，粗识声病。时贞元十年已后，德宗皇帝春秋高，理务因人，最不欲文法吏生天下罪过。外闻节将，动十余年不许朝觐，死于其地不易者十八九。而又将豪卒愎之处，因丧负众，横相贼杀，告变骆驿。使者迭窥，旋以状闻天子曰，某色当为邑。将某能遏乱，乱众宁附，愿为帅。名为众情，其实逼诈。因而可之者，又十八九。前置介倅，因缘交授者，亦十四五。由是诸侯敢自为旨意；有罗列儿孙以自固者，有开导蛮夷以自重者。省寺符篆固于几阁，甚者拟诏旨。视一境如一室，刑杀其下，不啻仆畜，厚加剥夺，名为进奉，其实贡入之数百一焉。京城之中，亭第邸店以曲巷断。侯甸之内，水陆腴沃以乡里计。其余奴婢资财生生之备称之。朝廷大臣以谨慎不言为朴雅。以时进见者，不过一二亲信。直臣义士，往往抑塞。禁省之间，时或缮完隳坠，亭第大帅，乘声相扇，延及老佛土木妖炽。习俗不怪，上不欲令有司备官闱中，小碎须求，往往持币帛以易饼饵。吏缘其端，剥夺百货，势不可禁。仆时孩骏，不惯闻见，独于书传中初习理乱萌渐，心体悸震，若不可活，思欲发之久矣。……不数年，与诗人杨巨源友善，日课为诗。性复僻懒人

事，常有闲暇，闲则有作。识足下时，有诗数百篇矣。习惯性灵，遂成病蔽。每公私感愤，道义激扬，朋友切磨，古今成败，日月迁逝，光景惨舒，山川胜势，风云景色，当花对酒，乐罢哀余，通滞屈伸，怨欢合散，至于疾恙穷身，悼怀惜逝：凡所对遇异于常者，则欲赋诗。

白《书》曰：

> 感人心者，莫先乎情，莫始乎言，莫切乎声，莫深乎义。诗者，根情，苗言，华声，实义。……周衰秦兴，采诗官废，上不以诗补察时政，下不以歌泄导人情。乃至于谄成之风动，救失之道缺，于时六义始刓矣。《国风》变为《离骚》，五言始于苏李。苏李骚人，皆不遇者，各系其志，发而为文。故《河梁》之句，止于伤别；《泽畔》之吟，归于怨思。彷徨抑郁，不暇及他耳。……晋宋已还，得者盖寡。以康乐之奥博，多溺于山水；以渊明之高古，偏放于田园；江鲍之流，又狭于此；如梁鸿《五噫》之例者，百无一二焉。……至于梁陈间，率不过嘲风雪，弄花草而已！……仆常痛诗道崩坏，忽忽愤发，或食辍哺，夜辍寝，不量力，欲扶起之。……自登朝来，年齿渐长，阅事渐多，每与人言，多询时务；每读书史，多求理道。始知文章合为时而著，诗歌合为事而作。是时皇帝宪宗。初即位，宰府有正人，屡降玺书，访人急病。仆当此日，擢在翰林，身是谏官，月请谏纸。启奏之外，有可以救济人病，裨补时阙，而难于指言者，辄咏歌之，欲稍稍进闻于上。……

彼以为诗之大用，在"下以歌泄导人情"，俾在上者得"以诗补察时政"。其所谓"人情"，乃民众之情，非一己之情。其谓"诗者根情"之情，亦指民众之情，非指一己之情。盖彼最反对者，为代表一己悲欢离合之个人文学，为少数士夫拈花弄草之消闲文学，故菲薄屈宋苏李，诋斥谢陶江鲍。所最提倡者，为代表民众呼吁之社会文学，为补察时政之致用文学，故谓

"文章合为时而著，诗歌合为事而作"。乐天对此种主义，不唯于《与元九书》发表正式宣言，正言誓词。在他篇亦时时提倡宣传。如读《张籍古乐府》曰：

> 张君何为者？业文三十春。……为诗意如何？六义互铺陈，风雅比兴外，未尝著空文。……上可裨教化，舒之济万民；下可理情性，卷之善一身。

《寄唐生（衢）诗》曰：

> 我亦君之徒，郁郁何所为？不能发声哭，转作乐府词。篇篇无空文，句句必尽规。……非求宫律高，不务文字奇，唯歌生民病，愿得天子知。

据此知白乐天乐府词，皆所以"歌生民病"者。故其《新乐府自序》亦曰：

> ……其辞质而径，欲见之者易谕也；其言直而切，欲闻之者深诫也；其事核而实，使采之者传信也；其体顺而律，可以播于乐章歌曲也。总而言之，为君、为臣、为民、为物、为事而作，不为文而作也。

元白文学观所以如此者，大半由于当时政治腐败，国民经济破裂，天下黎民，举不得安。故谓"心体悸震，若不可活，思欲发之"。故谓"有可以救济人病，裨补时阙，而难于指言者，辄歌咏之"。而杜甫之社会问题诗，开导于前，亦有关焉。

但元白有与杜甫异者：杜甫虽不能谓为极端之古典主义者，而自言"语不惊人死不休"，其诗歌终偏于典丽化，偏于文言化。元白则"非求宫律高，不务文字奇"，"其辞质而径"，"其言直而切"。偏于平民化，偏于白话化。《墨客挥犀》谓："白乐天每作诗，令一老妪解之，问曰解否？曰解则录之，曰不解则又复易之。"此故事者流，盖不可信，然即此可知世人承认乐天诗之白话化、平民化也。

兹选录元白乐府各数首：

织妇词

织夫何太忙？蚕经三卧行欲老。蚕神女圣早成丝，今年丝税抽征早。早征非是官人恶，去岁官家事戎索。征人战苦束刀疮，主将勋高换罗幕。缲丝织帛犹努力，变缉撩机苦难织。东家头白双女儿，为解挑纹嫁不得。自注"予撩荆时，目击贡绫户有终老不嫁之女"。帘前袅袅游丝上，上有蜘蛛巧来往。羡他虫豸解缘天，能向虚空织罗网！

田家词

牛靿咤咤，田确确。旱块敲牛蹄趵趵，种得官仓珠颗谷。六十年来兵簇簇，月月食粮车辘辘。一日官军收海服，驱牛驾车食牛肉。归来收得牛两角，重铸楼犁作斤劚。姑舂妇担去输官，输官不足归卖屋。愿官早胜仇早覆，农死有儿牛有犊，誓不遣官军粮不足。

以上二首皆歌咏民间疾苦，皆社会问题诗。

连昌宫词

连昌宫中满宫竹，岁入无人森似束。
又有墙东千叶桃，风动落花红蔌蔌。
宫边老翁为予泣，小年进食曾因入。
上皇正在望仙楼，太真同凭栏杆立。
楼上楼前尽珠翠，炫转荧煌照天地。
归来如梦复如痴，何暇备言宫里事？
初过寒食一百六，店舍无烟宫树绿。
夜半月高弦索鸣，贺老琵琶定场屋。
力士传呼觅念奴，念奴潜伴诸郎宿。
须臾觅得又连催，特敕街中许燃烛。

春娇满眼睡红绡，掠削云鬟旋装束。

飞上九天歌一声，二十五郎吹管逐。

逡巡大遍《凉州彻》，色色龟兹《轰录》续。

李暮拔笛傍宫墙，偷得新翻数般曲。

平明大驾发行宫，万人鼓舞途路中。

百官队仗避岐薛，杨氏诸姨车斗风。

明年十月东都破，御路犹存禄山过。

驱令供顿不敢藏，万姓无声泪潜堕。

两京定后六七年，却寻家舍行宫前。

庄园烧尽有枯井，行宫门闭树宛然。

尔后相传六皇帝，不到离宫门久闭。

往来年少说长安，玄武楼成花萼废。

去年敕使因斫竹，偶值门开暂相逐。

荆榛栉比塞池塘，狐兔骄痴缘树木。

舞榭敧倾基尚在，文窗窈窕纱犹绿。

尘埋粉壁旧花钿，乌啄风筝碎珠玉。

上皇偏爱临砌花，依然御榻临阶斜。

蛇去燕巢盘斗拱，菌生香案正当衙。

寝殿相连端正楼，太真梳洗楼上头。

晨光未出帘影黑，至今反挂珊瑚钩。

指似傍人因恸哭，却出宫门泪相续。

自从此后还闭门，夜夜狐狸上门屋。

我闻此语心骨悲，太平谁致乱者谁？

翁言野父何分别，耳闻眼见为君说。

姚崇宋璟作相公，劝谏上皇言语切。

燮理阴阳禾黍丰，调合中外无兵戎。

长官清平太守好，拣选皆言由相公。

开元之末姚宋死，朝廷渐渐由妃子。

禄山宫里养作儿，虢国门前闹如市。

弄权宰相不记名，依稀忆得杨与李。

庙谟倾倒四海摇，五十年来作疮痏。

今皇神圣丞相明，诏书才下吴蜀平。

官军又取淮西贼，此贼亦除天下宁。
年年耕种官前道，今年不遣子孙耕。
老翁此意深望幸，努力庙谋休用兵！

以上一首言天宝间之豪侈腐败。此上皆元微之作。
《新丰折臂翁》：戒边功也。

新丰老翁八十八，头鬓眉须皆似雪。玄孙扶向殿前行，左臂凭肩右臂折。问翁臂折来几年？兼问致折何因缘？翁云贯属新丰县，生逢圣代无征战。惯听梨园歌管声，不识旗枪与弓箭。无何天宝大征兵，户有三丁点一丁。点得驱将何处去？五月万里云南行。闻道云南有泸水，椒花落时瘴烟起。大军徒涉水如汤，未过十人二三死。村南村北哭声哀，儿别爷娘夫别妻。皆云前后征蛮者，千万人行无一回。是时翁年二十四，兵部牒中有名字。夜深不敢使人知，偷将大石锤折臂。张弓簸旗俱不堪，从兹始免征云南。骨碎筋伤非不苦，且图拣退归乡土。此臂折来数十年，一肢虽废一身全。至今风雨阴寒夜，直到天明痛不眠。痛不眠，终不悔，且喜老身今独在。不然当时泸水头，身死魂飞骨不收。应作云南望乡鬼，万人冢上哭呦呦。

老人言，君听取，君不闻开元宰相宋开府，不赏边功防黩武？又不闻天宝宰相杨国忠，欲求恩幸立边功？边功未立生人怨，请问新丰折臂翁。

《缭绫》：念女工之劳也。

缭绫缭绫何所似？不似罗绡与纨绮。应似天台山上月明前，四十五尺瀑布泉。中有文章又奇绝，地铺白烟花簇雪。织者何人衣者谁？越溪寒女汉宫姬。去年中使宣口敕，天上取样人间织。织为云外秋雁行，染作江南春草色。广裁衫袖长制裙，金斗熨波刀剪纹。异采奇文相隐映，转侧看花花不定。昭阳舞人恩正深，春衣一对值千金。汗沾粉污不再著，曳土踏泥无惜心。缭绫织成费功绩，莫比寻常缯与帛。丝细缲多女手疼，扎扎千声不盈尺。

昭阳殿里歌舞人，若见织时应也惜。

《陵园妾》：怜幽闭也。

    陵园妾，颜色如花命如叶。命如叶薄将奈何？一奉寝宫年月多。年月多，时光换，春愁秋思知何限？青丝发落丛鬓疏，红玉肤销系裙缦。忆昔宫中被妒猜，因谗得罪配陵来。老母啼呼趁车别，宫中监送锁门回。山门一闭无开日，未死此身不令出。松门到晓月徘徊，柏城尽日风萧瑟。松门柏城幽闭深，闻蝉听燕感光阴。眼看菊蕊重阳泪，手把梨花寒食心。把花掩泪无人见，绿芜墙绕青苔院。四季徒支妆粉钱，三朝不识君王面。遥想六宫奉至尊，宣徽雪夜浴堂春。雨露之恩不及者，犹闻不啻三千人。三千人，我尔君恩何厚薄？愿令轮转直陵园，三岁一来均苦乐。

《盐商妇》：恶幸人也。

    盐商妇，多金帛，不事田农与蚕绩，南北东西不失家，风水为乡船作宅。本是扬州小家女，嫁得西江大商客。绿鬟富去金钗多，皓腕肥来银钏窄。前呼苍头后叱婢，问你因何得如此？婿作盐商十五年，不属州县属天子，每年盐利入官时，少入官家多入私。官家利薄私家厚，盐铁尚书远不知。何况江头鱼米贱，红脍黄橙香稻饭。饱食浓妆倚柁楼，两朵红腮花欲绽。

    盐商妇，有幸嫁盐商，终朝美饭食，终岁好衣裳。好衣美食来何处？亦须惭愧桑弘羊。桑弘羊，死已久，不独汉世今亦有。

此首底为恶幸人，面为刺盐商妇，即只以面而论，亦一首极沉着痛快之富有反抗性诗歌也。

           *   *   *

    乐府至隋唐又为模仿时期，末期更由模仿至于分化，由分化至衰落。隋代前已叙述；唐代乐府，根据此上所举，又可分为两个时期：

（1）诗乐分立时期，即模仿时期——自唐初至李白。此时乐调虽亡，然多依傍古题，取法古辞，故能保持乐府之特别风格。其歌咏材料，偏于关塞，偏于征战，偏于英雄儿女，成功一种豪华的贵族文学。

（2）诗乐合一时期，即由分化而至衰落时期——自杜甫至元、白。此时多"即事名篇，无复依傍"。由是与诗不能分别，就乐府本身言，遂失其特别风格，遂由分化以至衰落。此时期之歌咏材料，偏于乱离，偏于时事，偏于人生社会，成功一种写实的平民文学、社会文学。

第六章

结　论

　　乐府文学自发生以至衰落，其演进变化之迹略如上述。唐代中世以后，乐府亡而词兴，至元朝词衰而曲起；曲出于词，词出于乐府，故后人亦每名词名曲为乐府。然其格调声色，终各有别，既已蔚为大观，自当各别论述，故兹《中国文学史类编》于《乐府编》外，别有《词编》《戏曲编》，而《乐府编》即止于中唐。中唐以后，以至现在，虽不无一二诗人，时或偶作仿古乐府，然凤毛麟角，不成风气，无叙述之价值。至历代之郊祀宗庙诸乐章，其无文学价值，前已迭次说明，故亦略而不论。

　　统观全部乐府文学，盖可分为两大支：一、两汉创作乐府，及后世仿两汉乐府；二、南北朝创作乐府，及后世仿南北朝乐府。其区别：两汉乐府多杂言及长篇五言，近似五言古诗。内容多偏于社会问题。南北朝乐府多五言四句，近似五言绝句。内容多偏于儿女情恋。此自然是就比较言。

　　文学最重创作，模仿之文，每不能精彩，然亦须分别言之：初期模仿者每比较精美，内容形式，皆有可观；后期模仿者每比较无聊，内容形式，皆感觉可厌。此其原因，以固重创作，然大辂椎轮，每难尽善；而初期模仿者，可因之而加以改善，加以补充，故其成功每可与创作时期相抗，或竟驾而上之。至后期模仿之时，则此种文学之境界，已几为前人所尽发。既不能有新的境界，势必至于上者可追似古人，而不能于古人之外，别有新成功；下者撮取皮毛，刻意模拟，既失自然风趣，又无内容可取，毫无价值矣。

乐府有两时期的创作。两汉创作之后，首先模仿者为魏，次晋，次南北朝。魏为初期模仿者，晋南北朝为后期的模仿者，故魏代之模仿乐府有声有色，可歌可泣，晋南北朝即奄奄无生气矣。南北朝创作之后，首先模仿者理当为隋，但隋代为时太暂，模仿事业尚未大成。至唐代则文人视取法古乐府，别制乐府新词为事业。此时南朝北朝两种创作乐府，待开辟之园地甚多，两汉乐府一支，亦以自两汉以至陈隋，经若干人之努力，其过去成绩，亦不无可采。故唐代之模仿乐府，其成功遂较建安有过之无不及。然以其渐合于诗，而别出者又成小词，故中世以后，遂衰亡矣。

此言如不甚悖谬，可据制乐府演化简表于下：

乐府			
西历纪元	中国朝代	两汉支	南北朝支
前 206—后 195	两汉	创　作	
196—316	魏晋	模　仿	
317—588	南北期	模　仿	创　作
589—840	隋唐		模　仿

附注：魏代自建安算起，因曹操父子在建安时已开始作模仿乐府，曹氏父子不能不属之于魏；其实建安时代，以政局而论，亦即曹氏之天下矣。晋断自南渡以前，以南渡以后即所谓南北朝也。唐断自 840 年（文宗末年），以元稹卒于 831 年，白居易卒于 846 年（或 847）也。

近来各种文学皆有人整理，尤以词曲一类，因有强有力者之提倡鼓吹，由是风弥云漫，竞相从事。其实曲出于词，词出于乐府，乐府为词曲之公祖，数典忘祖，其可乎哉？且词曲所歌咏之对象，泰半不出男女情恋、花草风月。而乐府则男女风月有之，社会问题有之，关河道路有之，战阵凯旋有之，祭祀祷神有之，其意境甚富，其材料甚丰。再以风格论之，词曲率以纤巧胜，苏子瞻稍趋疏荡，即遭非词正格之诮。乐府则纤巧者有之，疏朗者有之，质朴伉爽者有之。且乐调已亡，遣意摛词，极可遂便，不似词曲之一依调谱，斫伤自然。而注意于此者，似乎甚少。根泽少不自揆，妄事董理，事出创造，鲜所依仿，罣漏谬误，自知难免。书此以为学人研治之椎轮，自己努力之息壤。

民国十九年五月五日脱稿于河南开封中山大学，八月十三日修改于北平南城未英胡同一号。